Harbin

Kim Hoon

ハルビン

キム・フン
蓮池 薫 訳

CREST BOOKS
Shinchosha

ハルビン

하얼빈　Harbin
by
김훈　Kim Hoon

Photo : 1909.10.26 Ito Hirobumi and Vladimir Kokovtsov
at the Harbin Railway Station.
Design by Shinchosha Book Design Division

I

一九〇八年一月七日、明治天皇は皇居で大韓帝国皇太子李垠《イウン》を接見した。李垠は十二歳だった。この日李垠を明治天皇の御前に導いたのは、韓国統監の伊藤博文《いとうひろぶみ》だった。伊藤は大韓帝国皇太子の教育を担う太子太師の資格で、年末にソウルから李垠を東京に連れてきていた。

明治天皇は大日本帝国大元帥の軍服に軍刀を帯び、李垠は和服を着ていた。伊藤は新年賀礼用の燕尾服姿だった。

明治天皇が軍服を着たいと言ったわけではなかった。朝の接見前にあらかじめ準備されていたのだ。東京に駐在する西洋各国の外交官たちが今日の接見に注目しているだけに、日本の厳かな法制と威厳を示す必要があるというのが臣下たちの衆論なのだろうと、明治天皇は考えた。だが、軍服のボタンをはめながら、朝鮮の幼い皇太子を迎えるのに、初印象が威圧的すぎないかとの心配もした。西洋の外交官たちに対しても、日本が朝鮮に文明的に接しており、天皇が朝鮮の幼い皇太子を父たる心情で大切にしていることを示すには、また、大韓帝国皇太子が人質ではなく、文明教育を受けさせてほしいという大韓帝国皇帝の要請で明治天皇の撫育《ぶいく》に任せられたことを世界に知らせるには、軍服姿は不自然だろうとも思われた。だが、結局、新年初の接見ゆえに、威厳を保たなければならないという臣下の考えに従うことにしたのだった。実は畏怖というものは、そこはかとなく感じさせてこそ効果があるというものなのだが……

一八五二年壬子《みずのえね》生まれの明治天皇は、満十四歳で皇位に就き、すでに在位四十年が過ぎていた。

聖人南面而聴天下　嚮明而治（聖人南面して天下を聴き、明に嚮《むか》いて治む）

という中国の『易経』から明と治という二文字を取って治世の年号に定めたが、人々は「明るい未来に向かって進む（嚮明）」という意味で「明治天皇」と呼んでいた。ところが、明治の治世は力に向かって進んでいた。彼の時代の「明るい未来」は、力によってもたらされるものだと考えられ、時代はその力を確信していた。天皇の軍隊は日清戦争、日露戦争で勝利した。天皇の武威は世界に轟《とどろ》いたが、一方アジアの山海は死体で埋め尽くされた。天皇は神社に参って各戦線の勝利を告げるとともに、花びらのごとく散っていった忠魂を鎮撫した。そして四海が平穏であり、百姓たちの生活が穏やかであることを祈願した。天皇が神社に参拝する時は、重々しくて悲しい雰囲気に包まれていたと、史館は記録している。

伊藤は大韓帝国の皇帝高宗《コジョン》を脅して退位させ、高宗の次男李垠《イチョク》を皇位に就かせていた。李垠が純宗《スンジョン》であり、皇太子の李垠は純宗の腹違いの弟だが、皇位を去って太皇帝となった高宗がまだ生存していたために、皇太弟ではなく皇太子の地位にいた。

純宗は皇位に就いた後、国内の政治に関しては韓国統監の指導を受けることを協約した。大韓帝国内閣総理大臣の李完用《イワンヨン》と韓国統監の伊藤博文がその協約に調印した。それもあって純宗は李垠を日本留学という名分で人質にしようという伊藤の意図に抵抗することができなかった。李垠を日本に送る際、純宗は詔書を読み下した。

皇帝語るに、わが皇太子は英明で賢く、実に君王らしき徳を備えているがゆえに、宮中にだけ留まらせてはならず、早くして留学させることにした。よって太子太師の伊藤博文統監に日本に連れて行かせ、教え悟らせ、すべてを大日本帝国大皇帝に依託して事を成就させようと思う。これはわが国にとって初めての事であり、わが国が限りない大慶に至る第一歩である。

純宗は歯が何本か抜けていて話す時には、発音がはっきりしないだけでなく口の中がのぞき見えた。

皇太子李垠は仁川《インチョン》で汽船に乗って海を渡った。伊藤と韓国の東宮大夫が李垠に随行した。李垠は船室から円形の窓越しに海を眺めた。夕方の海は静かでもの寂しかった。全体が暗く見えて、海と空を区分することができなかった。

伊藤が指で海を指しながら言った。

「殿下、あれが海です。海を見たことがおありでしょうか」

李垠は答えなかった。李垠は海を見たことがなかった。自分の父も、また父の父たちだった歴代の王たちも海を見たことはないだろう。

　伊藤はさらに言った。

「水の行きつくところに大地があり、大地の向こうにまた水があります。大きな船に乗ればこの水を渡っていくことができるのです。今その海を渡っています」

　どうしてこのような大きな水があるのか。李垠は海というものが理解できなかった。海は目の前に果てしなく広がっている。だが、海は李垠の心に響いてこなかった。海は大きすぎて実感がないのに、そのまた向こうにまた別の世界があるというのだ。

　李垠が東京に到着すると、新橋駅まで明治天皇の皇太子嘉仁《よしひと》が侍従を連れて出迎えに来ていた。嘉仁は二十代の青年だった。彼は李垠と同じ馬車に乗って離宮まで同行した。

　隣席で嘉仁が何か言おうとするが、李垠には聞き取れなかった。李垠の耳には日本語は音調が高く、鳥のさえずりのように聞こえた。馬車は東京の中心街を通り過ぎる。馬が荷車を引き、人が人力車を引く。女たちは乳母車を押している。腰に刀を差した軍人たちが通行人を追い払い、李垠の乗った馬車に道を開けてくれた。町の人々は馬車に向かってお辞儀をし万歳を叫んだ。

　ここが海の向こうの世界なのか。ここにも王がいて、人が車を引く……なのに、どうしてこんなに違うのだろう……

　横で嘉仁が何度も話しかけるが、李垠は答えず、ただ時々頷くだけだった。

　明治天皇は、李垠が座る席を御座の近くに配置するよう指示した。接見の場には皇后も同座していた。皇后の顔には笑みがうっすらと浮かんでいた。朝鮮の幼い皇太子に施す大日本帝国の慈愛の微笑だった。

明治天皇は李垠の顔を注意深く見た。この世界に対して抱く恐れのようなものがうかがえた。

「韓国皇帝の命で留学に来ました。すべての面でご指導よろしくお願いいたします」

李垠の声は透き通っていて、目もとや頬には少年の清々しさが感じられた。明治天皇は日本語で話す李垠の口もとを眺めながら、この世界で王が王としての役割を果たすことの悲しさを感じた。李垠が挨拶を終えて頭を下げた。つむじがくっきりと見え、その周辺の髪も整っていた。きれいだった。

……賢そうだ。

という言葉が礼を失するように思われ、明治天皇は口にしなかった。そして言った。

「殿下の健康な姿が見られてうれしい。目に映る事物に、故国との違いも多いだろう。物事すべてをよく見て深く考えるように。学業の成就を祈ります」

明治天皇は、馬の玩具と皇室の紋章が入った卓上時計を贈った。明治天皇はさらに言った。

「時間を惜しむように。時間がこの世のすべてを決めます。時間とともに自分も変わりなさい。生まれ変わるのです」

侍従長が贈り物の時計を李垠の前に置いた。

明治天皇は続けた。

「勉強するときには時計を机の上に置くように。朕《ちん》が授ける時間だ」

伊藤は、明治天皇が李垠に時計を贈ったのを見て驚いた。

伊藤は韓国統監に赴任した後、ソウルの各公共の建物に時計を設置した。建物の正面には大時計を取りつけ、執務室と会議室には、壁掛け時計を掲げた。統監府に集まった朝鮮の大臣たちは、壁掛け時計の下で統監の施政方針演説を聞いた。伊藤は時間が帝国の公的財産であるという認識を朝鮮官吏たちの頭に植え付けようとしたが、時間の公共性を理解させるのは難しかった。言語上、説明しきれないところもあったが、そもそも時計を意識し、時間を私的領域を越えて公的秩序の中に位置づけることが文明開化の出発点だという概念を、いくら説明しても固陋《ころう》な朝鮮高官たちは理解できなかったに違いない。

「朕が授ける時間だ」と明治天皇が言ったとき、伊藤はその意味の深さを幼い李垠が推し量ることは無理だろうと思った。そして一言で端的に伝える天皇の威容に一瞬息が詰まる思いがした。接見は十五分で終わった。明治天皇が言った。

「伊藤公は残るように」

皇后と李垠、東宮大夫が接見室を出ていった。伊藤は明治天皇と二人で会った。天皇の侍従たちも離れた席で侍立していた。

明治天皇が言った。

「朕は長い間、公の経綸《けいりん》を頼りにしてきた。この間、公の労苦が大きかった」

伊藤は頭を下げた。明治天皇が何を語ろうとするのか予測がつかなかった。だが、その乾いたような声から儀礼的な話ではないことだけは直感した。伊藤が言った。

「臣下伊藤、ただ恐縮するばかりでございます」

公の労苦が大きかった……という天皇の言葉はいったい何を意味しているのか。

留学という文明の名分で、李垠を日本に連れてきた政治工作の成功を讃えているのか、それとも第二次日韓協約（乙巳《いっし》条約）以後の朝鮮半島の混乱と関連して統監を叱責するお言葉なのか……予想ができなかった。時局が重苦しい中、臣下との二者対面で発せられる明治天皇の言葉は、時に短くて曖昧なところもあったが、様々な意味が重なりあう奥深さゆえに、臣下たちは常に恐れていた。明治天皇は言葉と言葉の間にふっと間を置いた。しばらくの沈黙が過ぎ、明治天皇が言った。語調は低かった。

「半島に送った兵が十分なのか、朕はそれが心配だ」

天皇が言おうとしたことはこれだったのか……。

すべてを知っておられながら、ずいぶん遠回りをされる……。

陛下は、統監府や韓国駐箚《ちゅうさつ》軍司令部ではない他の系統から報告を受けていたのか……それとも私の部下の中に私を経由せず直接東京に報告する者がいるのか……。

伊藤は再び頭を垂れた。

「朝鮮暴民の騒擾《そうじょう》は多発的ですが、小規模です。範囲は広くても地域別に遮断されており一つの勢力をなしておりません。軍事的な事態というより群衆心理の変動に留まっております。兵力を増派する問題は陸軍大臣と議論しております。駐箚軍は陛下の御心をいただき奮闘しております」

二者対面はここで終わった。二回の言葉のやりとりを終えると明治天皇は立ち上がった。その後進講を受けた明治天皇は、西洋の法典と『中庸』の解説を聴いた。

伊藤博文は陸軍大臣が催す帰国歓迎の宴会を延期させ、帰宅した。魚を煮ているのか家中に醬油の匂いがした。古い建物の木材に染み込んだ匂いだ。伊藤は自宅に帰ってきたことを呼吸で実感した。伊藤は家僕を退かせて寝室に入った。

寝室の枕元には、古代エジプトのアレクサンドリア港に建てられていたパロス灯台の模型があった。鋳物の匠人《しょうじん》に注文して作らせた青銅製の電気スタンドだった。灯台には常夜灯がついている。東洋と西洋、大洋と大洋を繫げる異文明史的な港に存在した昔の灯台に、伊藤は偉大なるものを感じていた。それはこの世界全体を一つにつなげ、再編成した力の核心部だった。灯台の灯りひとつで艦隊を動かし、大洋をつなぐ技術は、大日本帝国が備えなければならない力だと、伊藤は常々考えていた。初代枢密院議長をしていた二十年前、伊藤は朝鮮半島の各港とウラジオストク港を視察したことがあった。朝鮮の港は漁業と商業の埠頭が区分されておらず、接岸施設も見劣りがした。朝鮮半島の沿岸を見て大陸へ渡る航路には灯台を設置しなければならないと、伊藤は判断した。すでにその頭の中には、灯台を設置すべき拠点が定められていた。

明滅する光の力を、伊藤は美しいものだと思った。数年前、ロシアに対する戦争計画を立てるときも、伊藤は朝鮮半島の南海岸と西海岸、仁川の月尾島《ウォルミド》に灯台を建てるように海軍省に命令した。だが、この灯台の力を、朝鮮士大夫たちに理解させることはできなかった。伊藤はソウルにある統監府執務室の机上にも月尾島灯台の縮小模型を置いていた。

伊藤はパロス灯台の常夜灯に明かりをつけた。仄《ほの》かな光が室内を照らす。

……半島に送った兵が十分なのか、朕はそれが心配だ。

明治天皇の言葉が伊藤を苦しめた。

第二次日韓協約の時、兵を動員して朝鮮皇宮を包囲し、憲兵の威圧で朝鮮皇帝と大臣たちを脅迫しつつも、実際に武力を使うことなく印を捺させることで、五百年以上続いた国の統治権を手にした伊藤の功績がどんなに大きいか、明治天皇がわからないわけではなかった。ロシアと直接対抗していた時には伊藤自身も国権移譲が印ぐらいで可能だとは思っていなかった。が、その後朝鮮の士大夫と頻繁に交わるうちに、伊藤の考えは印を捺させる方へと傾いていった。王権のそばで世襲される福楽を享受して生きる者であればあるほど、王朝が手の施しようもなく崩れていくときに、新たに現れた権力に媚びようとする事実を、伊藤は知ったのだった。印の力はそこで発生する。印で物事が解決できれば、殺戮《さつりく》も避けられるし、朝鮮から駆逐されることになる西洋各国の干渉も防げるため、事後処理も円満に進む。印ひとつで国の統治権を手渡した事例は、かつて見たことも聞いたこともなかった。しかし、朝鮮の大臣たちはまさに国権を手放す文書に自分の肩書きを書き込み、印を捺したのだった。

ところが、印によって条約は公布されたが、その後憤怒する朝鮮民心が爆発するとは伊藤も予想できなかった。

誇り高き士大夫たちは、悲痛な遺書を残して次々に自決した。毒を飲み、川に身を投げた。朝鮮の皇帝は自決した臣下たちを称え、その忠節を高く評価した。五百年間続いてきた国の官吏や識者たちが、恥辱に耐えられずに自決することは伊藤にも想定できないことではなかった。ただ、この自死が民心に与える影響については注視しながらも、自死そのものはさほど気にしていなかった。王への忠誠のお手本にはなっても、それ自体は無力だと判断していたからだ。

朝鮮士大夫の自決よりも伊藤が驚愕したのは、世間知らずの百姓たちの抵抗だった。すでに王権が崩壊し、士大夫が国権を譲り渡しているにもかかわらず、朝鮮の村々では百姓たちが立ち上がり抗戦した。

ソウルにある統監府の執務室で、伊藤は毎日駐箚軍司令部から送られてくる暴民対処状況の報告書を読んだ。報告書で情報参謀は各地域の騒擾事態を列挙したあと、文書末尾の状況概要欄にこう書いていた。

波が揺れると万波が立ち起こり
山村で声が上がると漁村で応える

……実にひまな人間だ。

伊藤は駐箚軍司令官に電話をかけた。

「貴司令部の情報参謀は実に文章がうまいものだ。風流でも嗜《たしな》むのかな」

揶揄だった。それ以後、情報参謀は報告書に状況概要を書かなくなった。

数百年間の収奪と抑圧で、落ち葉のように気力を失っていたかのように見えた朝鮮の百姓たちが、崩れ去った王朝の復活を訴えてこれほどまで苛烈に蜂起する事態に伊藤は恐れをなした。農具を手に持ち鉦《かね》を叩きながら、科挙試験を受けに行く儒生のごとく道袍《トポ》を風になびかせて行進する朝鮮の暴民たち。死人に死人を積み重ねながらも郡ひとつが落ちると、また次の郡で立ち上がった。その隊列には妓生《キセン》や物乞いまで加わっている。武力集団というよりデモ群衆に近かったが、なかには英明な壮漢たちに導かれた部隊が武装と隊伍を備えて日本駐箚軍を脅かすこともあった。イギリス人ベッセルが運営する新聞『大韓毎日申報』は、暴民たちを義兵と呼んで気勢を煽《あお》った。統監府が新聞社を脅迫しても、ベッセルは屈しなかった。

朝鮮に文明開化が実現すれば、このような百姓たちの浮わついた行動も自然に鎮まり、帝国に同化していくはずだが、時間がかかってしまうと騒擾は風土病と化してしまい、朝鮮併合政策は順風満帆とはいかなくなる。伊藤は無理にでも早急に抑え込まなければならないと考えた。彼の決断は固くためらいがなかった。

騒擾は半島南部で頻繁に起きていた。伊藤の「大討伐計画」は、髪を櫛でとかすように半島の中心部から南部へと追い詰め、シラミつぶしに暴民の種を撲滅しながらも、最終的に南の海に追い落そうという作戦構想だった。

伊藤が計画を立て、駐箚軍司令官の長谷川好道《よしみち》が実行案を確定させた。伊藤は大討伐計画案を本国の陸軍省、外務省を経由して、内閣総理大臣に提出した。総理は「統監の構想を了承する」と回信した。

すでに駐箚軍兵力の損失は大きかった。「大きかった」というのは増派部隊が来なければ計画された作戦遂行が難しいという意味だった。銃で武装した天皇の軍隊が朝鮮暴民の農具に押し返される事態は、見るに耐えがたいものだった。それまで伊藤は失った兵力の規模を本国に報告していなかった。

伊藤はベッドで寝返りを打った。

……「半島に送った兵が十分なのか、朕はそれが心配だ」

伊藤は明治天皇の言葉を声に出して繰り返してみた。朝鮮情勢に対する楽観的報告を明治天皇は信じていなかったのだ。兵力損失の規模は近いうちに知られてしまうだろう。伊藤は上半身を起こし、ベッドの飾り板にもたれて座った。夜も深まり、パロス灯台の常夜灯が蛍火のような光を放っている。伊藤は灯台の模型を眺めながら、ウイスキーをさらに一杯注ぎ、口に含んだ。ウイスキーの鋭い味が伊藤は好きだった。煩悶が大きければ大きいときほど、ウイスキーの味は舌を刺した。

朝鮮に帰任するとすぐに伊藤は駐箚軍司令官の長谷川と相談して兵力増派を要請することに決めた。未開な群衆を制圧するには、警察より軍隊を使うべきであり、石臼のようにすべてを押しつぶしてしまわなければならないと、長谷川はいつも伊藤に話していた。

2

ノロジカは岩の上に立っていた。雪上についた足跡が岩下まで続いている。臆病なノロジカが岩の上に全身をさらけ出すのは珍しかった。ツノの長いオスで、くびれた背中は光沢を帯びている。ノロジカは首を長く伸ばして、安重根《アンジュングン》の方を見ている。あやうく輝くその黒い目と視線が合うところだった。

安重根は枯れ葉の上に伏せて銃を構えた。目から照準器を経て標的に至るまでの照準線を銃口前方に延長させ、その先にノロジカの全身を置く。日差しの中でノロジカは舌を出して鼻先を舐めている。

距離は三百歩程度だった。伏せて撃つにはうってつけの距離だ。

安重根は左手で銃身を支え、右手の人差し指を用心金の中に差し入れた。伏せた場所は安定している。人差し指の第二関節を引き金に掛けた。そして大きく息を吸ってから半分を吐き出して止めた。視界から岩が消え、ノロジカだけが浮かび上がる。照準線の先の銃口はノロジカの胴体にまで達している。

右手の人差し指の第二関節だけが、安重根の体から切り離されたかのように自ずと動き、引き金を引いた。

銃の反動は肩ではなく体全体で受け入れなければならないことを、安重根は幼い頃から教えられていた。

照準線の先でノロジカが倒れた。雪の中で血を流している。安重根は銃を持って立ち上がった。銃口から煙が上がっている。立射の姿勢でもう一度ノロジカを狙うが、立てずに足掻いているのを見て、撃つのをやめた。ノロジカの脇の下には貫通した跡があり、射出口あたりの肉が痙攣を起こしている。雪上にはノロジカの体の中をくぐって出てきた弾頭が落ちていた。

……銃ってものははっきりしているな。

安重根はノロジカを担いで家に向かった。家までは歩いて半日かかる。

一九〇五年十二月、朝鮮青年安重根は上海から帰ってきた。その年二十七歳だった。上海では、志と力のある韓人たちを糾合して、国権回復の糸口を探ろうとしたが、その意図は挫折した。上海に金を持っている者はいても、志を持った者はいなかった。金を持っている者は、安重根を玄関先に入れてもくれなかった。世界情勢には関心がないという言葉を暇な風流人のように口にした。東北アジアや欧米列強の現実を分析し、未来を展望しながら、安重根に荒唐なことは考えずに、朝鮮に帰って小さな学校でも開き、教育で百年先を準備したほうがいいと、忠告する者もいた。懇《ねんご》ろな忠告ではあった。しかし、安重根には現在と結びつかない百年先のことなど想像がつかなかった。上海は阿鼻叫喚の中ながら静かすぎた。そもそも上海に望みをかけたのが世事に疎いことだったのかもしれない。父の安泰勲《アンテフン》は息子の上海行きに感銘して旅費を出してくれたが、黄海道《ファンヘド》の山奥に住む父には、上海の熾烈な中での怠惰な現状がわかるはずがなかった。

安重根は手ぶらで帰ってきた。上海で汽船に乗って鎮南浦《チンナムポ》（南浦特別市の日本統治時代の旧名）に着いた。汽船は埠頭で旅客数人を降ろして、再び仁川に向かった。下船した者と迎えにきた者が抱き合って泣いている。安重根を出迎えてくれる人は誰もいなかった。

鎮南浦の港は夕闇に包まれていた。戻ってきた帆船が獲った魚を降ろすと、三、四人が集まってセリを始めた。船窓から見える路地では、老いた女が嫌がる子どもを抱きかかえて顔を洗い、若い女が路地口で夕飯の時間に帰らない子どもの名を呼んでいる。家に帰った子どもは、大人に言われて物干し竿にかかった洗濯物と乾燥台の干し魚を取り込んでいる。風に枯れ葉が舞い飛ぶなか、人の住む家々からは夕どきの営みの煙が上がっていた。

安重根が帰ってみると、父の安泰勲はすでに数か月前にこの世を去っていた。上海の安重根には訃報が届いていなかった。家族は喪主のいない葬式を出し、安泰勲を清渓洞《チョンゲドン》に埋めた。

順興安《スンフンアン》氏の文成公《ムンソンゴン》一族は黄海道海州《ヘジュ》で祖先代々暮らしていたが、安重根の祖父安仁寿《アンインス》の代になって名望高き門閥の勢力を成した。安泰勲の葬礼には近隣郡からは地方長官たちが、黄海道地域からは西洋人宣教師たちが弔問に来た。葬儀は盛大に行われ、遠くの集落民や流浪民まで集まってきて三食食べていった。

安泰勲は十六歳で結婚し、十八歳で安重根が生まれた。少年期が過ぎると、安泰勲は十七歳下の息子安重根に男として接してくれた。安泰勲は身内に迫ってくる危険について息子と相談し、その前面に立たせた。息子とともに、傾きゆく国運を慨嘆し、乱世を糾弾したりもした。

安泰勲の墓は雪に埋もれていた。山は土墳《どふん》が見えないほど白一色だった。安重根は遅れて来たことを悔いて、地に伏し痛哭《つうこく》した。安泰勲の死は、安重根にとって慣れ親しんでいた世の中が終わり、敵意に満ちた孤独な自分が一人残されたことを痛感させた。

安重根の行動はつかみどころがなかった。一度旅に出ると、はるか遠くまで足を運んだ。妻にはいつ戻ってくるとも言わなかった。数か月さすらっては、季節が変わる頃に帰ってくることもよくあった。安重根の幼名は応七《ウンチル》だったが、安泰勲は幼い時から出歩いてばかりいる息子の気質を抑えようと、重い「重」と根っこの「根」の「重根」に名前を変えた。しかし、改名で安重根の性格を変えることはできなかった。安重根は外でやっていることについて妻には話さなかった。金亜麗《キムアリョ》は婚家の男たちが話すのをそっともらい聞きしては、夫のやっていることに思いを巡らすだけだった。結婚して十年が過ぎたにもかかわらず、依然として旅人のような夫によそよそしさが募るばかりだった。

夫のいない間に金亜麗は二番目の子を産んだ。息子だった。安重根が上海に出発する前に授けられた子だった。

門中の長老たちは安重根が上海から帰ってくると、遅ればせながら息子の誕生を祝ってくれた。父が亡くなって、息子が生まれるという世上の秩序は、命と死の自然のつながりにすぎないが、それゆえに嬉しくもなく悲しくもなく、そのまま受け入れていけそうな重根だった。すべての死とすべての誕生が今ひとつの縄で括られている気がした。上海から帰ってきてみたら、そうなっていた、ただそれだけだった。

赤子は乳を飲む力が強かった。赤子に全身が吸い込まれていくようだと金亜麗は感じた。そのためか乳首を赤子の口に含ませる時はいつも緊張していた。赤子が乳を飲んではよく吐いたので、金亜麗の体からは母乳の腐ったような匂いがした。安重根はその匂いになぜか悲しさを感じた。その悲しさが、また一つの生命の父になり、母になることの根本を自覚させるようにも思われた。

妻が子どもを産むときに外地を出回っていたことへの心疚《こころやま》しさを、安重根は口に出して言えなかった。言おうとしても言葉にならなかった。話さなくても妻はわかってくれるだろうと思い込むことにした。金亜麗は上海のことは尋ねなかったが、夫のやることがうまくいかなかったことは勘づいていた。

「子どもが父方に似てると言って、親族の人たちは喜んでくれました」

と、金亜麗は言った。安重根は子どもの顔をのぞきこんだ。大きな目が、いったい何だ、これは？……と言わんばかりの驚きの表情でこの世をまじまじと見ていた。澄んだ瞳には、この世のすべてが映し出されるかのようだった。

新婚生活のころから、猟銃を担いで出かけた安重根がノロジカを担いで戻ってくると、夫の門中の男たちがみんな集まって、ノロジカの肉をつまみに酒を飲んだ。男たちは難しい言葉で時局を語っては、悲憤慷慨し、深いため息をつき、大笑いした。男たちはいつもきちんとした服装をし、座った姿勢も正しかった。金亜麗には、その男たちがこの世を守る城壁のように感じられた。金亜麗は今、乳を飲ませている子どもが大きくなって、その輪の中心に座る姿を想像してみた。

金亜麗が言った。

「目は父親似だそうですよ」

……なら、おれのように、この世とうまく付き合ってなんて生きていけないのだろうな……。

安重根は子どもの目を見て思った。

子どもが大きく口を開けてあくびをした。口もとから涎《よだれ》が流れ、赤い歯茎と小さい舌がのぞいて見えた。指ごとに、すべて爪がついている。安重根は子どもをおくるみに包んで抱いてみた。柔らかくて温かった。安重根は目の前がわれ知れずかすんだ。

金亜麗が言った。

「どうです。額や目がそっくりでしょう」

「どうだろう。おれが幼いころはこうだったんだろうか」

「幼いころじゃなく、今そっくりなんです」

安重根は子どもを妻に返した。


ウィルヘルム神父は、刈り入れの終わった田野を毎日半日ずつ歩いた。彼の日課は時計のように正確だった。緑色の低い山々が続き、その山のふもとに藁ぶき屋根の家が並んで村をなしていた。遠くから見ると、黄色い藁を新しく葺いた家は、田野のなかの稲むらのように見えた。平地は水田、山のふもとはトウモロコシ畑、高い斜面は人参畑だった。ウィルヘルムは田んぼ道に沿って歩きながら村に入っていった。杖はついてはいたが、それに頼ってはいなかった。子どもをおぶった女たちが、刈り入れの終わった畑にしゃがんで何かを拾っている。背負子《しょいこ》に枯れ枝の束を載せた男たちが山から下りてくる。背負子の荷が大きすぎて男たちは横向きになって風を避けていた。日なたで石投げをして騒いでいた子どもたちは、西洋人の神父を見るなり静まり返った。

田野から村の方に歩きながら、ウィルヘルムは人々の様子を注意深くながめた。彼が清渓洞に教会を建ててこの地に落ち着いてから七年が過ぎていたせいか、誰もが頭を下げて挨拶をしてくれた。村の犬たちもウィルヘルムを覚えていて、近寄ってきては彼の手の甲を舐めた。道中、話を交わすことはなかったが、すれ違う人の表情と体臭を、ウィルヘルムは自分の心に深く刻み込んだ。刻み込むことで、村人たちと心が通じ合えると考えていたのだ。ただ、すれ違う人たちは神父が歩きながら祈禱しているものと思っていた。

ウィルヘルムはゆっくりと歩いた。定期的にロバに乗り、黄海道の山村にある十か所の公所を回ってミサを執り行ったが、村人たちの表情はどこも同じだった。

朝鮮人たちは陰気で疲れていた。ウィルヘルムは歩きながら、この可哀そうな魂たちに光を当ててくださることを日々神に祈った。

ウィルヘルムは指に聖水をつけて安重根の長男の額を濡らした。子どもは目を大きくして神父を見上げる。安重根トマと金亜麗アグネスは神父の前に跪《ひざまず》き手を合わせた。

ウィルヘルムは、

「ベネディクト」

と、子どもに洗礼名を与えた。そして腕を上げ、子どもの頭上で十字を切った。

「ベネディクト、われ、聖父と聖子と聖霊の御名によりて汝を洗う」

ベネディクトは愛の力で世のすべての悪を取り除き、人間の野蛮さに踏みにじられる人間を愛し、聖霊の志で世の闇を照らす聖人だったと、ウィルヘルムはこの名を授けた意味を説明した。そして、この子が神の子として生まれ、ベネディクト聖人の加護の下で育ってこの苦しい朝鮮の光になるようにと祝福した。朝鮮のカトリック教会はベネディクトを「芬道」という漢字名にして呼ぶことにした。安重根も長男を「芬道《ブンド》」と名付けた。

洗礼式が終わるまで、夫婦は芬道の前で手を合わせて主禱文を口ずさんだ。

「神の志が天で成されたように、地上でも成されますように」

地上……という言葉に安重根は全身が震えた。


ウィルヘルムが帰ろうとする安重根を呼び止めた。金亜麗は芬道をおぶって先に帰った。ウィルヘルムは安重根を聖堂から連れ出して司祭館に行った。司祭館は一軒《ひとのき》の切妻式瓦屋根の家だったが、中の様式は立式（立って過ごす形式の室内）になっていた。部屋の中には、十字架に張り付けられる前日まで、ゲッセマネで祈禱していたイエスの絵がかかっている。薪ストーブの前にウィルヘルムと安重根は向き合って座った。

「私は洗礼を施す時がもっとも嬉しい」

ウィルヘルムは安重根にワインを一杯注いでやった。

「私はあなたに洗礼を施し、またあなたの息子にも洗礼を施した。私とあなたには真に恩恵が溢れている」

ウィルヘルムは頭の中で文章を組み立てながら、ゆっくりとした韓国語で話した。ウィルヘルムは目の彫りが深くて、耳の下から顎の下まで髭が伸びていた。髭は白と黒が混じり、ライオンのたてがみのようだった。ウィルヘルムは生まれた時から老けて見えたのではないかと思えるほど、歳を推し量るのが難しかった。人たちはウィルヘルムの緩慢な口調に畏怖を感じていた。

「神父様が近くにいらっしゃるので、私たちは幸せです」

安重根は言った。

安重根はこの村でウィルヘルムから洗礼を受けて入信した。その時が十九歳だった。安氏家門の威勢は、西洋人の神父たちが導く天主教会の勢力に依存していた。安重根は家門と密着した教会の勢力と、信仰の純粋さをあえて区別しなかった。安重根はその両方のすべてを受け入れてきた。

洗礼を受けた時の喜びが時々安重根の心に蘇った。そのたびに遠くから光が差し込む中、魂が暁を迎えるような気がした。悪とともに生きていくこの世の中を安重根は怖いとは思わなかった。息子が洗礼を受けた日、安重根はその時の喜びが再び蘇ることを祈った。

ウィルヘルムが言った。

「おまえの子は神の子だ。子どもを見てどう思った?」

安重根は乳臭い子どもを抱いた時の、その理由のわからない悲しみについてウィルヘルムに話せなかった。朝鮮の地で行われた外国軍同士の戦いで多くの人が死に、日本軍による義兵鎮圧で毎日死体が山野に積まれていく中で、その多くの命より乳臭い自分の子どもの命を愛しく思わなければならない理由についてもウィルヘルムに尋ねることができなかった。

安重根は、

「息子なので親族の長老たちが喜んでいます」

と言った。安重根は自分の言葉があまりに素っ気ないことに気づき、顔を赤らめた。ウィルヘルムは、

「それはそうだろう。朝鮮は男の世の中だからな」

と言った。ウィルヘルムはワインをもう一杯注ぎながら言った。

「上海から早く帰ってきたな」

神父が私を呼び止めた理由はこれだったのか……安重根はウィルヘルムの本音を読んだ。ウィルヘルムの話しぶりは、最初から安重根の失敗を見通していたかのようだった。

「物事、思いどおりになりません」

「何が難しい」

「人に会えませんでした」

「そうだったか。これからはここにいなさい。魂のある人はどこにでもいる」

ウィルヘルムは安重根の性格に危うさを感じていた。少年期を経ないまま幼年から真っすぐ青年になったような男だった。名のある猟師で、自分より年上の青年まで牛耳っていた。十六歳の時、郡内の男たちを統率して、村に迫って来た東学軍(反キリスト教の民間信仰である東学の指導者が起こした農民反乱軍)を撃退したことがあった。安重根は話さなかったが、ウィルヘルムはこの戦いで多くの血が流れ、死傷者が出たことを知っていた。安重根は東学軍と戦ったが、この世が我慢ならないと意気込む点では、東学軍と何ら違いがないはずだ。安重根の息子に洗礼を施しながら、父子そっくりの目を代わる代わる見たウィルヘルムはそう思った。安重根は神の子というより世俗の子に近かったが、彼自身

にはその両者の区別がなさそうだった。区別がないということは結局、神も世俗も一緒ということだが、それ以上のことは考えないことにした。

一年前、安重根が聖堂に来て上海に行くと言ったとき、ウィルヘルムはその理由を聞かなかったし、引き止めもしなかった。ただ、安重根が世俗の道を進もうとしていることはわかった。その時、ウィルヘルムは、

「汝の魂のために祈りを捧げる」

とだけ言った。ウィルヘルムは「魂のために」という言葉の意味を、安重根は理解できないだろうと思った。

西洋人の神父たちは、この百年間に朝鮮の地で繰り広げられた迫害と殉教の歴史を神聖で偉大で、また恐ろしいものだと思っていた。神の特別な恩寵なくしては、そのように熾烈かつ純粋に死に死を重ね、信仰を守ることはできなかったはずだ。それはこの立ち遅れた国に降り注がれた祝福だった。

朝鮮教会が信仰の自由を享受できてからの期間は、今やっと二十年だ。自由は根を下ろさず、危ういままだった。教会は世俗を支配する巨大な勢力と衝突するような事態は避けようとしてきた。殉教の歴史から得られた教訓は、聖にも俗にもあまねく関連するものであり、教会はその両方を無言のうちに感知していた。

長上である朝鮮代牧区《だいぼくく》のミューテル司教やパリ外邦伝教会本部の位階の高い司祭たちも、その教訓の複合的意味を知っているはずだと、ウィルヘルムは考えた。そこに教会と世俗の境界線が目に見えずとも引かれているはずなのに、安重根はその境界の外に出ようとしている。その魂が

心配だった。

ウィルヘルムが訊いた。

「また、大陸に行くつもりか」

「……」

安重根は答えなかった。ウィルヘルムは答えがないことの意味を推測した。

鐘塔で晩鐘が鳴った。

復活の恩寵よ、信仰の神秘よ……ウィルヘルムはゲッセマネのイエスの絵に向かって跪き、夕時の祈禱を捧げた。安重根はその後ろで跪き、手を合わせた。

3

大韓帝国皇帝の乗った列車は一九〇九年一月七日八時十分にソウル駅を出発した。皇帝純宗は六泊七日の南巡日程に入り、それに韓国統監の伊藤が同行していた。皇帝は王子の義陽君《イヤングン》（李載覚《イジェガク》。李氏朝鮮末期〜大韓帝国期の政治家）を始め、宮内府《クンネブ》、承寧府《スンニョンブ》、掌礼院《チャンニエウォン》、奎章閣《キュジャンガク》、度支《タクチ》（財務）部《ブ》、内閣、軍部、学部、法部などの高位官吏九十名ほどを随行員として率いていた。伊藤は韓国統監府の高位官吏と駐箚軍将校を同行させた。

出発する前に皇帝は勅令を発布し、歴訪地の先賢の祠堂を補修し、墓域を整備するように指示した。さらに巡行に先立って、皇帝はつぎのような詔書を発布した。

「朕は昨年も宗廟社稷《そうびょうしゃしょく》に対し慎んで誓い、少しも怠ることなかったが、地方の騒乱が安定せず、この寒さの中百姓の艱難《かんなん》が甚だしいこと、胸が痛む。ゆえに断然と奮発して、各官吏を連れて地方を視察し、百姓の苦痛を推し量ることにした。統監の伊藤博文公爵が特別に朕に随行して支えてくれるがゆえに、身分にかかわらず臣下と百姓はそのように心得るべし」

列車が出る前、駅構内の応接室で純宗は伊藤に接見した。伊藤は随行員を外に出させてから、純宗の前に歩み寄り、挨拶をした。

「陛下が私の願いをお聞き入れくださり、このように寒いなか遠方にお出かけになられることは万民の幸福でございます」

「すでに巡幸の意志は詔書で百姓に知らせた。統監に同行してもらい、心強いばかりよ」

気をよくした伊藤は微笑んだ。しかし、一瞬にして顔中に広がった笑みは消え、伊藤は言った。

「巡幸は君主の徳と威厳を示すものでございます。明治陛下も頻繁に巡幸され、百姓のことを見ていらっしゃいます。本統監は明治陛下の志を受け、皇帝陛下に随行いたします。これで両陛下の御志が渾然一体であることを内外が知ることになるでしょう」

「統監がわが皇太子を天皇陛下に会わせてくれたことを忘れてはならないと、つねづね臣僚や百姓に言い聞かせておる」

伊藤は、再び微笑んだ。

「皇太子殿下は天稟《てんぴん》に恵まれて日本にいらっしゃってからも学問が日進月歩されているとお聞きしました。明治陛下もよくお声がけくださり、愛《いと》おしまれていらっしゃいます」

侍従長が入ってきて、列車の出発時間を告げた。

純宗と伊藤が列車に乗った。プラットホームに並んだ駐箚軍儀仗兵が捧げ銃《つつ》をして敬礼し、百姓たちが駅舎の外で万歳をした。

列車が漢江《ハンガン》鉄橋を通る際に、頭上の鉄骨を潜り抜けた。純宗は鉄橋を渡る列車のリズミカルな金属音を、全身で感じていた。

これが鉄か……鉄が全世界に敷かれるのだな。

純宗は車窓の外の鉄骨越しに漢江を眺めていた。漢江は遠く幸州《ヘンジュ》の方面へと川幅を広げながら流れていく。下流の先は遠い空に達し、そのかなたに残山《チャンサン》の峰々がシルエットのようにぼんやりと見える。冬の渡り鳥が砂州に降り立ち陽を浴びているが、その鳥たちも皇帝の治世下で生きているのだと、純宗は思った。

……これが漢江か。この広い川の上に金属の橋が渡されている……こうすれば郡と郡がつながるのか。

金属の冷たさと漢江の大きさに、なぜか純宗は不安を感じたが、その理由を鉄橋に問うわけにはいかなかった。列車が水原《スウォン》を過ぎた頃、伊藤は随行武官を遣って純宗に謁見を請い、純宗はそれを許諾した。

純宗はテーブルに伊藤と向かい合って座った。伊藤はテーブルの上に地球儀を置いた。そして車窓の外へ目をやりながら言った。

「朝鮮の山河は実に秀麗です」

山河には何もなかった。がらんとした野原に雪が積もり、吹く風がその雪を追い立てているだけだった。人の気配などまるでない。純宗も窓の外を眺めながら言った。

「山河は昔と同じだが、民心は浮わつき、相次いで騒擾が起きて気がもめる」

伊藤が答えた。

「心配される御心、存じ上げております。今回の巡幸で朝鮮と日本が互いの友愛を知ることになれば、騒擾は鎮まるものと存じます」

「そうなってほしいものだが」

「これをご覧くださいませ」

伊藤は地球儀を回しながら、朝鮮、日本、中国と西洋、米国の位置を説明した。そして朝鮮半島を指さしながら言った。

「今、陛下はソウルから釜山に向かっていらっしゃいます」

釜山から下関までは汽船で海を渡り、そこから東京までは鉄路で繋がる。朝鮮に敷かれた鉄路はソウルから新義州《シンイジュ》へ、新義州から鴨緑江《おうりょくこう》を渡ってハルビンへ、ハルビンからロシアへと繋がっている、と伊藤は説明した。純宗は目を細くして地球儀をのぞきこんだ。

伊藤は、さらに言った。

「地面ではないところはすべて海です。汽船はすべての海を渡ることができます。今、日本の天皇陛下は、この世界の海と大陸を見渡していらっしゃいます」

日本の君主が海を見渡しているというのは、一体どういうことかと尋ねようとしたが、純宗は口ごもった。伊藤は続けた。

「今、鉄路が敷かれているので、朝鮮と日本はひとつになって世界に出ていくことができます。鉄がこの世に道を作っています。道が拓くと、この世界はこの道の上をさらに進んでいけます。一度道を作れば、その道がまた道を作ります。誰しも道に逆らうことはできません。力が道を作り、道が力を作るのです」

純宗が言った。

「この世の地と海を渡っていく道もあるが、朝鮮には古来、伝えられている道がある。忠節と法制と人倫の道だ」

純宗が口を開けて話す時、抜けた歯のすき間から暗い口内がのぞけた。伊藤はその暗い中を一瞥して言った。

「日本もそうです。古来の道が現在、そして未来の道へ続いています。この鉄路がその道なのです」

純宗が言った。

「ならば喜ばしいことだ」


列車が忠清南道《チュンチョンナムド》成歓《ソンファン》駅に停車した時、そこまで随行してきた日本駐箚軍の憲兵隊長が純宗に別れの挨拶を告げに来て行った。純宗は憲兵隊長の労苦を称え、金一封を贈った。その純宗に伊藤が近寄って言った。

「陛下とともに成歓に来られたことを嬉しく思います」

十五年前日清戦争の時、日本軍はこの成歓の地で清軍を大破した。平沢《ピョンテク》の方から南下してきた日本軍は、警戒を解いていた清軍を夜襲した。夜が明けてみると、成歓の原野は一面清軍の死体だらけだった。生き残った兵士たちは朝鮮の百姓の服を奪って着替え逃走したが、多くが途中で飢えたり、暑さに当たったりして死んだ。成歓にあった、陶工や行李作り、食器作り、塗り大工、鍛冶屋たちの村は消滅し、清軍の勢力は朝鮮半島において二度と回復することはなかった。

成歓の戦場で日本軍のラッパ兵、木口小平《きぐちこへい》は息耐える瞬間まで、突撃命令を吹き続けた。木口は武士出身ではなく戦場に徴集された下級民出身の兵卒だった。日本の詩人は詩を作って木口の忠魂を称えた。

大本営から成歓勝利の報告を受けた明治天皇は、自ら軍歌「成歓役」を作って兵士に下賜した。

我《わが》勇猛のつはものは
彼我《ひが》の屍《かばね》を踏越えて
勇み勇みて進み行く
（……）
三度凱歌《がいか》を唱へけり
三度凱歌を唱へけり

軍楽隊はラッパでこの歌曲を奏でた。

伊藤はこの成歓の勝利と木口の勇猛さについて純宗に説明した。

「日本が成歓で中国を撃退したことで、朝鮮を保護する土台が築かれました。成歓は幸運の地です」

「成歓の戦いの顛末は大体知っておる」

「木口は庶子で無名の兵卒ですが、死ぬまでラッパを吹き続け、明治陛下の恩寵を受けました」

「貴国兵卒の忠魂は賞賛に値する」

列車は大邱《テグ》や草梁《チョリャン》を通り過ぎた。純宗は、大邱駅に停車した時には李退渓《イテゲ》の祠堂で、草梁を過ぎる時には新羅王と金庾信《キムユシン》（新羅の武臣）の墓で、祭祀を行うように官吏を遣わせ、勅命を下した。皇帝の列車が停車する郡では、地方の長官たちが百姓を動員して、昔の聖賢と忠烈の祠堂に張ったクモの巣を払い、墓域の雑草を取らせた。また、親孝行者と烈女を表彰し、年寄りたちを食膳と酒でもてなすようにした。

釜山駅に到着した純宗は、三百年以上前の壬辰《イムジン》戦争（文禄の役）の時、釜山城を襲った日本軍隊との戦いで死んだ東萊《トンネ》府使宋象賢《ソンサンヒョン》と釜山鎮の僉節《せんせつ》制使鄭撥《チョンバル》の祠堂で祭祀を行うよう地方官吏に命じた。純宗の動態を密かに探っていた、随行の統監府情報官吏がこの事実を伊藤に報告すると、伊藤はこう言った。

「知らないふりをしなさい。これ以上民心を悪化させてはならない。これは口外を禁じる」

明治天皇は第二艦隊の旗艦、吾妻号を釜山港に派遣し、同時に純宗に電報を打った。

「巡幸を重ね、民の生活ぶりを視察される、皇帝陛下の労苦に敬意を表します。朕の艦隊を釜山港に遣るゆえに、船を巡視してくだされば幸いです」

純宗は馬車に乗って港に向かった。伊藤の一行を乗せた馬車が純宗の馬車を追っていく。白い服を着た数千人の民たちが埠頭の前の空き地に集まっている。民たちは地面に跪き頭を下げていた。

「陛下、日本の船に乗らないでくださいまし」

「彼らが陛下を日本にお連れするかと心配です」

「陛下、寒さが厳しいです。早く宮廷にお戻りくださいまし」

純宗の馬車に近づこうとする百姓たちを騎馬憲兵隊が制止した。伊藤が情報官吏に聞いた。

「何の騒ぎだ」

「彼らは朝鮮の君主が拉致されるのではないかと心配しています」

「武器は？」

「暴民ではありません」

「無知で哀れな百姓だ」

「兵で押しのけましょうか」

「いや、それはよくない。埠頭に接近できないように遮断しろ。警備隊にそう伝えるのだ」

純宗の馬車は、群衆のいる空き地を迂回して埠頭に着いた。旗艦の吾妻号は遠くからでも見えた。仁政殿《インジョンジョン》（ソウルの昌徳宮の正殿）より大きいだろうか。鉄の船体が日差しに輝き、高く掲げられた旭日旗が風に翻っている。その旗からは赤い旭光が四方に拡散していた。あれが海を渡る船というものか……純宗は息苦しくなってきた。伊藤とともに旗艦に乗る。参謀を連れて乗船場に堵列《とれつ》していた第二艦隊司令官が敬礼をした。軍楽隊が奏楽を鳴らすなか、旗艦は砲身を上げて礼砲を打ち上げた。

艦隊司令官は甲板上に掲げた解説板を指しながら、旗艦の性能と搭載武器の威力を説明した。

純宗は理解するのが難しかったが、時々頷いて見せた。説明が終わると、純宗は言った。

「貴艦の武威が実に驚異的であることがわかった」

純宗は日本軍将校たちに金一封を贈った。

埠頭の空き地では民たちが泣き叫んでいるが、その声は旗艦まで届かなかった。純宗が伊藤に訊いた。

「埠頭の空き地に群衆が集まっているようだが……」

「陛下の無事を気遣っている人たちです。もう軍艦にお上がりくださったので、静かになるでしょう」

それ以上純宗は尋ねなかった。純宗は明治天皇に電報を打った。

「貴国軍艦にて司令官以下からの歓待を受けました。心嬉しく思い、感謝いたします。陛下の海軍が一層隆盛されることをご祈願申し上げます」

徳寿宮《トクスゴン》の太皇帝にも電報を打った。

「至るところで百姓の熱烈な歓迎と歓送を受けました。日本軍艦でも手厚い歓待を受けました。遠地にて父皇陛下にご報告申し上げます」

皇帝の列車は馬山《マサン》を経て一月十三日、ソウルに戻ってきた。ソウルに到着した純宗は、徳寿宮に寄って太皇帝に挨拶をしてから宮に戻った。


朝鮮皇帝と伊藤統監の南方巡幸は、大日本帝国の文明化に基づく友好政策を朝鮮民衆と世界に知らしめる転機となり、明治天皇が派遣した艦隊の威容を持って朝鮮皇帝を迎接することで、強者と弱者間の親善の在り方を誇示したものだったと、統監官房の報告書は評価した。朝鮮良民は次第に統監統治に順応しているが、暴民の跋扈《ばっこ》が全域に拡散しているため、このような時局の中で、良民には宥和策で、暴民には武断で対処する両面策が鮮明に浮かび上がったと、報告書は結論づけた。

南幸から帰ってきた翌日、伊藤は統監府に出勤して報告書を読んだ。統監官房の報告書は、まとめと分析が不実で、報告者の意見だけが突出していた。予断を持つな、事実と意見を分けて報告しろ、混同してはならない……と、伊藤はいつも指示していたが、忠誠を争う官僚たちは自らの言葉に眩惑され、統監の指示を全うできずにいた。

統監官房の報告は間違いではなかったが、当たり前の話で不要だった。

伊藤の机上には南幸の際に日本人カメラマンが撮った写真が置いてあった。伊藤は写真家に写真の構図と焦点を予め指示しておいた。伊藤の指示で日本旗艦での迎接の儀典は、船室ではなく甲板で行われた。写真ではテーブルの中央に伊藤と純宗が並んで座り、その両側に海軍将校と官僚たちが向かい合って座っていた。旗艦の大きさと砲身の力が誇示され、その砲身を背景に純宗の平穏な表情が映し出されたうえに、船端《ふなばた》の向こうには水平線が見えている。

伊藤はさらに写真を注意深く見る。純宗の表情は微笑でもしかめ面でもなく、その両方を織り交ぜたような感じだった。伊藤は秘書官を呼んで、同じ角度で撮ったほかの写真を持って来させた。他の写真でも同じように微妙な表情だった。再び撮り直すことはできない。十分ではないが、この写真を公表すれば、政治的効果は大きいだろうと計算した。この写真は朝鮮人の心の傷を刺激するとは思うが、力で圧倒するには十分だし、暴民を孤立させる効果もあると、伊藤は判断した。つまり、南幸の成果は徐々に表れるだろうと。

……巡幸を続けるべきだ。今度は西北だ。

伊藤は秘書官を呼んで西北行きを指示した。朝鮮の皇帝と一緒に開城《ケソン》、平壌《ピョンヤン》、新義州を巡幸することを朝鮮の皇室に通知して確定させ、数日内に出発できるように準備を整えろというものだった。相次ぐ巡幸に秘書官は驚きながらも統監の指示をノートに書いた。

伊藤はこの日早く退勤した。同行する者はいなかった。伊藤は南山のふもとの料亭、天真楼《チョンジンル》で妓生を侍らせ酒を飲んだ。妓生は朝鮮の女だったが、脇の下が空いているきものを着ていた。

「おまえと二人だけがいい。誰も入れるな」

松茸の炒めものと銀杏《ぎんなん》焼き、タイの刺身が酒の肴だった。

「おれがここにいる間は、おまえは何も話さなくていい。ウイスキーをくれ」

ウイスキーが喉を刺激しながら通り過ぎていく。一杯目から疲れた体に染み込んでいく。酔いはすぐにまわり、精神は混沌としていく。新義州から鴨緑江を渡り、ハルビン、北京、モスクワ、ヨーロッパへと延びていく鉄路が伊藤の目の前に浮かんでは消えた。鉄路は金属臭を放ちながら大陸に広がっていく。伊藤は一人和歌を口ずさんだ。

朝鮮の鯛の刺身はかぐわしく
　ソウル女は花より清く

駐箚軍の将校たちが宴会の場で合唱する歌だった。伊藤は妓生の太ももを枕に横になった。妓生は黙ったまま、伊藤の長い髪を撫でていた。突然伊藤の顔が妓生の顔と向かい合う。伊藤は妓生をそっと押し倒した。まだ夕時だった。

西北巡幸の列車は帰路で開城駅に停車した。伊藤が設定した日程だったが、開城が高麗五百年の都だったことから、朝鮮皇室も日程に同意していた。高麗王宮跡である満月台《マンウォルデ》を見て回ることも日程に入っていた。純宗と伊藤が満月台に上る階段の前で馬車を降りると、すかさず内官が日傘を差した。警備兵がすでに来て堵列しており、百人程の随行人が後ろについていく。石階段は段差が大きくて輿が使えなかった。純宗は石階段を三十三段歩いて上ったが、一段一段皇帝の身体が揺れるたびに内官がそばで支えた。その後を伊藤がついていった。最後の段を上りきると、一面草むらが見渡せた。満月台は五百年前に紅巾賊《こうきん》が破壊したままの廃墟として残っていた。地方長官が時々雑草を抜き取らせていたため、王宮の礎《いしずえ》が露わになっていた。

松岳山《ソンアク》の緩やかな稜線が遠くから満月台を囲み、礎は草むらの向こうの山の下まで繋がっていた。正殿の会慶殿《フェギョンジョン》はその山の下にあったため、数多くの門楼を通り過ぎなければたどり着けないことを礎の列は物語っていた。それぞれの礎には、木柱を支えていたと思われる溝が彫られ、崩れて久しい殿閣の幻影を浮かび上がらせていた。

純宗は礎の間を歩いた。日傘が風に揺れ、内官がおどおどしている。伊藤が言った。

「高麗朝の廃墟を目の当たりにして、五百年前の紅巾賊の馬のいななきが聞こえてきそうです」

「その時高麗王が都を離れて王宮は燃えたが、高麗はすぐに開城を奪還し敵を鴨緑江の外へ退けた」

「陛下は古史に該博な知識を持っていらっしゃいます。四百年以上維持した高麗の宮殿が崩れ去ってからまた五百年が経ち、このように廃墟となり、草むらと化しました」

「礎を前にして、心が落ち着かない」

伊藤は振り向き、純宗を一瞥した。

「御心は平穏ではないかとお察しします。しかし、石はもう静寂のなかにあります。歳月が過ぎれば、廃墟はかえって静穏に見えますが」

と言って、伊藤は大きな声で笑った。純宗は頭を下げ礎を眺めながらゆっくりと歩いた。

大きな構図が必要だった。廃墟は大きく朝鮮の皇帝は小さく写るようにしろと、伊藤は満月台の石階段の前で、日本人カメラマンに指示していた。伊藤は松岳山の稜線と石階段を指さしながら、崩れた石階段とその向こうの松岳山の稜線を構図の横軸にし、朝鮮皇帝の長い隊列がその廃墟の上で縦軸を描く写真を求めたのだった。予め現場を下調べしていたカメラマンは、伊藤の要求に何とか応えた。

カメラマンは遠く離れてカメラを設置していた。視野を広くし、レンズの角度を上に五度ほど上げた。覗き窓の中に石階段の廃墟が中央いっぱいになるようにし、彼方には松岳山の稜線が雲のように浮いて見えるようにした。朝鮮皇帝の顔は明確ではなかったが、日傘を差しているので、そこが皇帝の居場所であることはわかる。伊藤の姿がその隣にかすかに見え、軍刀を差した日本軍将校がその前で隊列を引導している。石階段を下りながら皇帝の隊列が乱れたが、廃墟を背景に縦軸をつくった瞬間、カメラマンはシャッターを押した。

伊藤は日本海軍の旗艦で撮った写真と満月台で撮った写真にご満悦だった。この写真二枚が朝鮮の運命と未来を物語っていると、考えた。写真は無理も誇張もなく撮れていて見る人に違和感を持たせないはずだ。まだ来ぬ時間、これから迫りくる時間が写真に写されていることに伊藤は一人驚嘆した。

この写真二枚を一組にして、日本、朝鮮、その他各国の言論機関に配布するよう、伊藤は秘書官に指示した。

4

鎮南浦に引っ越した安重根は、小さな学校を開いて英語や地理、国史を教えていた。子どもを教えていることにもどかしさは感じるが、これに専念しようと努力していた。知らないことを知ったときの子どもの生き生きとした表情に新鮮さも感じた。

休みの日や父の安泰勲の忌日になれば、家族を連れて清渓洞の実家に行った。実家にいる間は猟銃を担いで山野に出かけ、ノロジカや雉を獲ったりした。犬は連れて行かなかったが、犬なしでも猪を獲る日があった。

ノロジカを獲った翌日は、安氏門中の男たちが安重根の実家に集まった。その中には叔父の泰《テ》健《ゴン》や泰《テ》敏《ミン》、その息子たちもいた。

集まりでは、安氏門中の小作農朴万教《パクマンギョ》の父が臨終に近いこともあって、墓の場所の周旋や葬礼費用の扶助問題が議論となった。また、この夏、村の牛たちが、目やにがたまり、唾を吐き、あくびをよくして気力がなく、犂《すき》を土深く引けなくなっているのが、夏負けのせいなのか、何かの伝染病なのかわからないという話題も出た。結論として男たちは新式の勉強をしたという海州邑内の獣医師を呼んでくることにし、そのための費用を門中公金から捻出することに決めた。

安泰健がノロジカの足の裏の肉を引き裂いて安重根に勧めた。

「食べてみろ。山の獣は足の裏がうまい」

安重根は足の裏の肉に塩をつけて、口の中に放り込んだ。山野を飛び跳ねていた獣の力が、すべて足の裏に凝縮されているかのようだった。弾力に富み、嚙み応えのある肉だった。

安泰健が焼酎を一杯一息に飲み干し、ハアーと息を吐いた。

「今回は大きなヤツを仕留めたな。肉がしっかりしてる」

「叔父さんの家に後ろ足一本送っておきました」

「何発で仕留めたんだ」

「一発で仕留めました」

安泰健が安重根の顔を眺めながら、盃に酒を注いだ。

「大した腕前だ。獣を撃たせておくにはもったいないな」

安泰健は独り言のようにつぶやいた。酒席に集まった男たちには、その言葉が、この世に向かって何か訴えているように聞こえた。しばらく沈黙があってから、誰が先にということもなく、時局の話へと移っていった。安氏家門の男たちは、村の井戸の掃除や、洪水で崩れた川の堤防の修復作業と同じように、時局についても議論した。日本が清を破りロシアを破ったおかげで、朝鮮の独立は強固なものになったと、当時の識者たちは新聞や講演で主張していた。もっともらしい話ではあったが、誰も信じなかった。

時々ソウルや平壌に行った人が、発行日の過ぎた大韓毎日申報を持ってきた。大韓毎日申報は朝鮮全域の騒擾事態について詳細に報道していた。新聞は騒擾群衆を「義兵」という二つの文字で賞賛しており、義兵の勢力はさらに拡大していると報じていた。強力かつ直截的な記事は、読む人を興奮させた。この新聞の英語版には「今週の木曜日、京畿道《キョンギド》楊州《ヤンジュ》と抱川《ポチョン》の境界で戦闘が起き、反乱軍によって日本軍十二名が殺害され、その死体はソウルに運ばれたと報告された」という記事も載っていた。

清渓洞の男たちは新聞を回し読みしながら、英語を知っている人間の説明に耳を傾けた。「反乱軍」という言葉の意味をめぐって、男たちはさらに多くの議論を交わした。


ちょうどこの新聞を統監府執務室で読んでいた伊藤は、公報官吏を呼んで叱責した。

「この新聞のひとこと一言に朝鮮の群衆が煽られているのがわからないのか。ベッセル（大韓毎日申報の社主）が朝鮮の統監だと言うのか」

公報官吏と常務秘書は話し合った結果、新聞社の資金管理と金銭出納について調査を進めることにした。

中国から帰ってきた商人やカトリック教徒たちも、清渓洞の安氏宅に立ち寄っては、この世に広まるニュースを伝えて行った。清渓洞にはあらゆる噂が集中していた。

李康秊《イガンニョン》は聞慶《ムンギョン》で兵を起こし、大きな勢力をなしていた。群衆の前で安東《アンドン》府観察使の金奭中《キムソクチュン》やその巡検たちの首をはねて気勢を上げた。また、日本軍の通信線を切断したり、日本人村に放火したりもしたが、それを見た日本軍は朝鮮人の村に火を放った。李康季麾《き》下《か》の将卒たちは地理に詳しく、険しい山を味方にして戦った。安東で勝利を収めた後、百潭寺《ペクタムサ》や龍沼《ヨンソ》洞《ドン》でも勝利した李康季だったが、最後は龍沼洞で捕まり、処刑されてしまう。

十九歳の青年、申乭石《シンドルソク》は慶北《キョンブク》の海辺寧海《ヨンヘ》で、百数人の民兵を起こした。東海岸に沿って蔚珍《ウルチン》、三陟《サムチョク》、江陵《カンヌン》、襄陽《ヤンヤン》を平定しながら北上し、青松《チョンソン》に進撃する際には、軍勢が天を衝いた。しかし、寒くなり軍糧が絶えてくると、再び春に集まることを期して兵を解散した。しかし、申乭石は部下の家に身を隠して春を待っているところを、裏切った部下たちに殺されてしまう。

李《イ》麟栄《イニョン》は原州《ウォンジュ》で数千の民兵を起こした。貪欲で暴虐な官僚の財産を奪って軍資金を調達し、各郡の義兵と連合して自分の指揮下に二十四の軍陣を編制した。そしてソウルを奪還しようと、東大門の外に兵力を集結させたが、この時父親の訃報が届いた。李麟栄は葬儀のために、聞慶に戻って行った。部下たちが泣きながら引き止めたが、無駄だった。聞慶で三年の喪に服すため、老母と妻子を連れ秋風嶺《チュプンニョン》ふもとの黄澗《ファンガン》の山奥に隠れ住んでいたところ、跡を追っていた日本憲兵に逮捕され、京城監獄で死んだ。

李麟栄が聞慶に帰った後、彼の中軍将、李《イ》殷瓚《ウンチャン》が臨津江《イムジンガン》一帯で勢力をなした。数十名から数百名の部隊を率いて、山岳や島で遊撃戦を展開していたが、国内で日本軍の討伐作戦が強化されると、間島《カンド》に退いて兵士を育てていた。その後、寝返った部下たちに軍資金を準備したからソウルに来るように誘引される。列車に乗ってソウルに向かった李殷瓚は、龍山《ヨンサン》駅で潜伏していた日本警察に逮捕され、やはり京城監獄で死んだ。

崔益鉉《チェイッキョン》は国権回復のためには、まず王の御心を改めさせる必要があると考え、重ねて上訴した。悲痛な思いを込めた彼の上訴文の内容は荒々しく、表現に躊躇《ためら》いがなかった。王は「おまえの忠心はわかった」と批答《ひとう》しつつも、崔益鉉の主張を受け入れることはなかった。堂上官職を捨てて下野した崔益鉉は、七十四歳にして全北泰仁《チョンブクテイン》で蜂起したが、戦については何も知らなかった。兵士たちは意気は高かったが、その命に従わず、一旦日本軍の銃剣に攻め込まれると、三々五々に散ってしまった。捕まった崔益鉉は対馬に連行される前に、食を断って獄死した。

日本軍は逃走者を追跡し、退路を断った。捜索隊は村をくまなく捜しまわり、義兵に食べ物と服を与えた百姓を殺した。

小規模部隊に分散して山奥に隠れた義兵たちは、ときに集結しては日本軍部隊を奇襲した。日本軍は兵営前に砂嚢を積み機関銃を備えて対抗した。機関銃座に突進していく義兵の突撃隊は次々と撃ち倒された。小さな部隊は山奥で飢え死にし、戦闘で負けた軍長たちは、岩に額をぶつけて自決した。

捕まった者たちは日本軍部隊の練兵場で部隊長の裁量によって銃殺された。伊藤は朝鮮で戦死した日本軍将卒の名簿と功績を本国に送った。明治天皇は死んだ者たちの位牌を、日清戦争や日露戦争で死んだ者の位牌とともに、靖国神社に合祀し、供物を送らせた。明治天皇は四海が平穏になり、風雨が静まることを念願した。そんななか、日本の皇居はいつものように静かであり、冬になるとしんしんと雪の積もる音まで聞こえた。

安氏門中の酒席では、このような噂話が交わされた。男たちの話はなおも続いた。既にみんなが知っている話が繰り返され、聞く方もそれを初めて聞くかのように耳を傾けた。遠い世界の話が、まるで家の出来事のように身近に聞こえた。

酒を飲みながらも、男たちは肩に力を入れ、まっすぐな姿勢で座っていた。そんななか金亜麗がひっきりなしに酒の肴や汁物を運んだ。

夜が深まると、男たちの顔はろうそくの煤で黒くなり始めた。ふと金亜麗はこの男たちと自分が時局という巨獣の追跡から逃れられない運命であることを予感した。

「誰が日本を止めるのだ。それが急務だ」

「百姓たちが身体一つでぶつかったところで、どうなる話でもありませんよ」

「だから、急務だというのだ」

男たちの話は緊急を要する話ばかりだったが、話し終わった後には虚しさしか残らないということを誰もが知っていた。安重根は身体の中から湧き上がる何かを感じた。それは酒の酔いと混じり合い、喚き声になって漏れ出てきた。だが、言葉にはならず、じっと酒とともに飲み込むだけだった。

5

安重根の母趙《チョ》マリアは、嫁の金亜麗が孫の芬道をかわいがりすぎると叱ったことがあった。子どもは夏の暑さや冬の寒さを自分から楽しむように育てろと言い聞かせたのだった。そのため金亜麗は、冬は子どもをオンドルの温かい床ではなく冷たい板の間で遊ばせ、夏は服を脱がせて育てるようにした。子どもは地べたを這い回りながら、土と草を間近に見て育ち、春の匂いと秋の匂いが違うことも知っているはずだった。だが、まだ話すことができなかったために、子どもの知識範囲がどこまでかを親は知らなかった。子どもは闇の中に一人でいてもごねず、元気に遊んでいる。乳首を嚙む癖はあったが、それだけは尻を叩かれても直せなかった。

芬道は話すのが遅くて一歳が過ぎてからようやく喃語《なんご》を発し始めた。趙マリアは心配することはないと、嫁の焦る思いをたしなめた。

「男は口が堅いほうがいいんだから。話すのが早い子らには、お漏らしをする子が多いって言うし」

と趙マリアは言った。

芬道に白い乳歯が二本生えたときは、家族が集まって子どもの口を無理やりこじ開けて見物した。歯は小さいが確かに生えていた。趙マリアがその歯に指を当てると、芬道は口をすぼめて指を噛んだ。趙マリアが大声で笑った。

「いたた。おまえの父さんも私の乳首をずいぶん噛んだものだが。おまえはかあさんの乳首を噛んじゃだめだぞ」

安重根は子どもの体が柔らかすぎてまともに抱くことができなかったし、自分の身体が汚らわしく思えて子どもの頬に唇を当てるのもためらわれた。

子どもの歯を眺めていた安重根はふと、ある光を思い出した。光はウィルヘルムに洗礼を受けた時に遠くから差し込んできた、あの光のようにも思えた。光はやはり遠くから差し込んで子どもの乳歯を輝かせている。

ところが、その光の中に、三南《サムナム》（慶尚道・全羅道・忠清道の総称）の原野を埋め尽くした屍《しかばね》も現れた。彼方の一点から広がってきた光のなかに、子どもの乳歯と三南の屍が同時に浮かび上がったのだ。農具を手に立ち上がり銃に撃たれて死んだ者、殴られて死んだ者、さらに凍死した者に餓死した者、先に死んだ者の死体の上に重なりあって死んだ者、さらに砲弾に飛び散った死体の肉片や破裂した腸《はらわた》まで、輝いて見える。ある死体はいまだに傷口がピクピクしている。

家族たちは、喃語を発する子どもの唇から、乳歯がのぞいて見えるたびに、手を叩きながら喜んでいる。大きな笑い声が広い板の間に響きわたる。

安重根は、子どもの乳歯と三南の原野の屍が重なって見えた幻覚のことを、家族の誰にも話さなかった。ただ、いつかウィルヘルム神父にだけは、その理由を尋ねるために、話すかもしれないと思った。神父ならその訳がわかるだろうかと思いながら……

しばらくの間、銃を構えた安重根の照準線が震えていた。遠くの獣を狙っているのに、さらにその遠くにどうしても照準できないものが見え隠れしているのだった。照準線の向こうに霧がかかり、その中に標的が隠れてしまったかのようだ。右の人差し指が引き金を引くと、銃口は右に傾き、弾が標的を外れた。照準器が動いた瞬間、安重根はすぐに失敗を予感した。獣が逃げた後には何もなかった。ただ銃口から一筋の煙が上がっているだけだった。谷間に響いた銃声が静まるころ、目標を撃ち損じた虚しさが、手に残る銃の重さとともに感じられた。

ウィルヘルム神父は許しの秘跡を終えてから、司祭館に帰ってきた。土曜日は告解者が多くて、聖事が長引く。信者は告解所に跪いて司祭に罪を告白し、許しを請うた。告解所の仕切りが粗末だったため、耳が遠くて声の大きい老人が罪を告白するときは、その声が告解所の外にまで聞こえた。順番を待っている信者たちがそれを聞いてくすくす笑った。

「笑うんじゃない。あんたの罪と同じじゃない」

と騒ぎ立てる。

「同じだから笑うのさ。だったら、あんたはなぜ笑う」

それを聞いた後ろの人たちがまた笑う。笑い声が告解所中に響きわたった。そのとき告解所の中でウィルヘルムが声の大きい老人に向かって諭すのだった。

て笑った。

「もう少し小さい声で話しなさい」

ウィルヘルムのこの話し声も告解所の外まで聞こえてくる。人びとは、今度は必死で声を抑えて笑った。

世襲閥族の一人として生まれ、後ろ手を組んで威張っている儒生も、猫の額ほどの土地も持っていない愚かな者も、罪の大きさに違いはあっても、罪の内容や性格には、大した差がなかった。人間の罪というものは、いくつかの類型に分類できるようだ。どの類型にも属さない内密の罪は、誰もが心深くにしまっておくため、決して反省したり、告白したりしないことを、ウィルヘルムは知っていた。だからこそ、許しの秘跡を施すたびにウィルヘルムは神に申し訳なさを感じるのだった。罪人と神の間に立つ司祭の地位は、いつもこのように気まずいものだった。ウィルヘルムは告白されない罪まで合わせて神に告げ、許しを請うた。

安重根はその日の夕方ウィルヘルムを訪ねた。ウィルヘルムは司祭館のかまどの焚き口で薪をくべていた。安重根は、そのおき火を火炉に入れて部屋の中に持って行った。ウィルヘルムが机の椅子に座ると、安重根は床に置かれた火鉢の前に座った。

「告解をしに来たのか。今日の聖事は終わったから、来週また、来なさい」

「告解ではなく……挨拶しに来ました」

「話しなさい」

「来週ウラジオストクに行くことにしました」

ウィルヘルムは椅子から立ち上がり、安重根の前に来て座った。ウィルヘルムは気が急《せ》く時ほど、ゆっくりと行動した。

「そこに誰か知り合いでもいるのか」

「知り合いはいません」

安重根は、沿海州や豆満江《トゥマンガン》の向こうに行って来た人から、ウラジオストクについての風聞を聞いていた。ウラジオストクはロシア極東の海軍港で、小山のように大きな軍艦が停泊しており、繁華街には西洋風の高い建物が立ち並び、舞踏場では皮膚の白い女性たちが遠海から戻った船員たちと抱き合い踊る。酒は度数の強い火酒を飲むが、匂いはカミソリのように鼻を突き、酒の肴は冷たい海で獲れたカニやタラが安い値段で食べられるという。

日本の密偵たちは潜んでいるが、日本の軍隊や警察の力はまだ及んでおらず、朝鮮の生活に耐えられなくなった朝鮮人たちが憤りを吐露しながら落ち着かない日々を過ごしているが、金さえあればロシアや中国から入ってくる銃や弾薬を手に入れることができるという。そこに居住する朝鮮人の数は話す人によって大きく差があるが、韓国語新聞が発行されるほどだから、それなりの集団になっているはずだった。

おき火の勢いでウィルヘルムの顔は火照り、白くて黒い髭の中に埋もれたその表情に光が差した。知り合いはいません……と言いつつ、安重根はその知り合いもなく行ってみたこともない、異国の港町を思い浮かべていた。

「なぜそこに行く」

ウィルヘルムは、尋ねはしたがその答えを待ちはしなかった。彼は東学党と戦っていたころの少年、安重根の血の気の多さを記憶していた。大人になってその血気がますますおさまりがつかないものになっていることが、その目つきからうかがわれた。安重根はウィルヘルムの視線を避けるために火鉢の火を見つめながら言った。

「そこで……同胞たちと一緒に……回復を図ろうと……」

安重根は言葉を結ぶことができなかった。神父はウラジオストクなどに関心を示さないだろうと予感していたからだった。一方、ウィルヘルムは安重根が心の中に描いている、荒くれた大陸の状況を想像してみた。

ウィルヘルムが言った。

「おまえは朝鮮で教育事業に努めたほうがいい。それが私の考えだ。善良な信徒と誠実な国民を育てなければならない。魂を救わなければ、国を救うことはできない。……どうしてもウラジに行くつもりなのか」

安重根はウィルヘルムが言う教育の意味をよく知っていた。だから答えなかった。安重根は神父の同意や祝福を期待して来たのではなく、挨拶をするために来たのだった。ウィルヘルムの話し方も、どこか独り言のように聞こえた。安重根を引き留められないことを知っていたのだ。ウィルヘルムは十字を切って黙想した。

……トマよ、悪が悪に勝った後には悪が残る。その言葉の意味がそんなに理解できないのか。おまえが自ら気づく頃には、すでに手遅れだろう。私はそれが心配なのだ……

という話を安重根にはしなかった。おき火がもう燃え尽きかけていた。安重根は火炉の灰の中をほじくった。

この世の一方の彼方でウィルヘルムが祈禱をし、その反対側の彼方で伊藤が白い髭を撫でている。そして、その間の果てしない原野に死体が折り重なっている幻影が、その灰の上に浮かんだ。死体は飛び石のように、その両端を繋ぎ合わせていた。

「……神父様はずっとここにいらっしゃるつもりですか」

と話したいのを、安重根はじっと我慢した。

ウィルヘルムが言った。

「おまえはそこに行くと、すでに決めて私を訪ねて来たのだ。私はおまえという男を知っている。おまえの魂を憐れに思う」

安重根が立ち上がって帰ろうとするとき、ウィルヘルムは後ろを向き、ゲッセマネのイエスに向かって祈りを捧げていた。

安重根は上海から帰って来て家にいる間に、金亜麗は三度目の妊娠をした。金亜麗には、相次ぐ妊娠が、まるで昼から夜になり、夜から朝になることのように思われた。金亜麗のお腹が膨らんでくると、趙マリアは包丁で魚を切ったり、鶏の首を落としたりすることがないように言い聞かせた。喪中の家や鍛冶屋、肉屋にも近づかないようにし、冷たい風にも当たらず、ネギ、にんにく、とうがらし、生姜も一切口にしないようにしろと注意した。金亜麗は、つわりを起こすところを他人に見せなかった。身体の中から吐き気が突き上がってくるようだった。夫がいない時に芬道を産んで、夫のいない婚家で育てたが、今度生まれる子どももきっとそうなるのではないかと思った。夫がまたどこかへ出て行く気配だったのだ。家に来ている間も、夫はいつも旅人のようだった。夫にはつねに気難しさがあった。夫の前では言いたいことも口にできなかった。夫はこの地に縛られながらも、この地に居場所をみつけられずにいた。金亜麗は夫の運命を予感していた。

安氏門中の男たちは、安重根のウラジオストク行きについてあれこれ言わなかった。それは引き留めても無駄だと知っていたからである。そしてそれが外部に知られることをはばかっていた。

安泰健が安重根を呼んで言った。

「おれたちはおまえの妻のことが心配だ。若い妻が夫もいない婚家で子どもを育てる、その胸中を考えてみたか」

「ウラジに落ち着いたら、妻子を連れて行きます」

実のない話であることを、話している安重根も、聞いている安泰健も、知っていた。安泰根が言った。

「当てにできない話だな。ウラジとはいったいどこなのだ。そこで本当に生きていけるのか」

婚家の男たちは金亜麗の顔色をうかがいながらも、声をかけられずにいた。金亜麗は自分や自分の子どもに向けられた、哀れみをたたえた周囲の眼差しを肌で感じていた。

趙マリアは息子を引き留めなかった。なぜ行き、いつ戻るのか、そこに生活の場をみつけたのか、一切聞かなかった。

「そこは寒いそうだが、あなたは野宿が得意だから、耐えられそうだ」

「寝るのはどこでもよく寝られます」

「嫁がかわいそうだ。心がやさしいと、気苦労は倍になる。まあ、私がよく面倒見てあげるから、心配せずに行きなさい」
安重根は夜明けに出発した。荷物は冬服一着に数冊の本だけだった。カトリック教の祈禱書も包みの中に入れた。行き先が遠ければ遠いほど、夫の荷物が軽くなることを金亜麗は知っていた。金亜麗は大門の前で夫と別れた。芬道は部屋の中で眠っていた。別れの時にどんな言葉を交わしたか金亜麗は覚えていない。安重根は門中の男数人と一緒に闇の中に消えていった。遠くなる夫の後ろ姿を見ながら、金亜麗は夫が決してこの地の束縛からは解放されないだろうという予感がして泣いた。村の入り口までついてきた男たちは、小川のほとりで別れた。

黄海道信川《シンチョン》からウラジオストクに行くには、まずソウルに行って汽車で釜山へ、釜山から汽船に乗って咸鏡南道元山《ハムギョンナムドウォンサン》へ、元山からさらに別の汽船に乗り換えてロシア領へと向かわなければならなかった。

釜山に行く汽車を待ちながら、安重根はソウルの明洞《ミョンドン》大聖堂の下手にある旅館で二泊した。明洞大聖堂は南山《ナムサン》ふもとの丘の上に建っていた。聖堂は五百年の王都でもっとも高く、尖塔は天を衝いていた。安重根はミューテル司教が執り行う夜明けのミサに参加した。数名の日本人軍人がミサに来て、聖体拝領を行っていた。

安重根がソウルに到着する数日前、韓国統監伊藤は韓国軍を解散させ、強制解散された韓国軍は都心地で日本軍と戦っていた。伊藤は大韓帝国の大臣たちを脅迫し、皇帝を追いつめたうえで、軍隊解散の允許《いんきょ》を取り付けたのだった。駐箚軍司令官長谷川は、徒手体操をすると言って、ソウルの韓国軍兵をすべて丸腰の状態で、訓練院に集めるよう命令した。部隊の指揮官たちは武装を持たない兵士を引率して訓練院に集合した。それを武装した日本軍が囲み、解散を通告した。訓練院で日本軍大隊長の号令に従って解散式が執り行われる間に、日本軍が兵士のいない韓国軍部隊を引き継ぎ、武器を回収していった。皇帝は詔書を発布して軍人たちを慰めた。

「君たちは私の意を察し、各自自分に合う職を見つけるように」

皇帝は続いて内閣に指示した。

「軍隊を解散させるに際して、暴動に備えるようにせよ。もし暴動を鎮圧する場合に必要なら、伊藤統監に支援を求めること」

伊藤は全国の韓国軍地方兵力を解散させるように各道の警察官署に指示した。各郡の練兵場では、韓国軍の兵力が銃剣を置いて徒手体操をする間に、警官たちが武器を収去した。


軍隊が解散する一か月前、皇帝高宗がハーグに密使を送った事実を、大韓毎日申報が報道したのを機に、伊藤は高宗を退位させ、その息子の純宗を皇位に就かせた。新皇帝は韓国軍の解散に際して、軍人たちに恩賜金を下賜した。下士官に八十ウォン、一年以上勤務した兵士に五十ウォン、一年未満に二十五ウォンだった。兵士たちは下賜された紙幣を引き裂きながら痛哭した。

侍衛の一連隊一大隊長である朴昇換《パクスンファン》は、解散命令を拒否して自決した。参尉南相悳《ナムサンドク》は部隊員を率いて街で日本軍と戦闘を繰り広げた。日本軍は崇礼門《スンネムン》に機関銃を設置して撃ち、街中に死体が横たわった。韓国軍兵士は散らばって民家に隠れ、日本軍は日本人女子を前に立たせてその民家を捜索した。捕まった者たちはその場で殴り殺され、一方逃走中の韓国軍兵士たちは、孤立した日本軍人を見つけ、縛って殴打した。日本軍は韓国大臣の家に憲兵を立たせ、日本人の密集居住地である珍古介《チンゴゲ》（ソウル中区忠武路《チュングチュンムロ》2街）の警備も強化した。恐れをなした韓国高官たちは、自分の家族を珍古介内に避難させた。解散させられた軍人たちの中には義兵部隊に加勢する者もいた。義兵たちは全国の山奥や都市や島で、戦って死に、負けて自決し、捕まって殺された。

ソウルにいる二日間、安重根は珍古介、圜丘壇《ウォングダン》、崇礼門、鍾路《チョンノ》での市街戦に遭遇した。安重根は道の曲がり角や建物の中に身を隠して町の様子をうかがった。韓国軍は日本軍から奪った小銃で戦っていた。実弾が切れると、小銃の先に着剣して突撃をしては、機関銃の前に粉砕された。靴がなく、帽子がなく、銃のない兵士たちが必死に抵抗して倒れていった。血は地面に染み込んだ。韓国軍兵士は脱糞していた日本人軍人の背中を刺して殺した。日本軍は商店に討ち入り品物を略奪し、それを人力車に載せて運んだ。日本の女子と朝鮮の女子が髪を掴み合い、転がりながら戦った。日が暮れると、珍古介の入り口では、日本人軍人が隊伍を組んで地べたに座り、警戒兵を立たせたなかで、握り飯を食っていた。その時、明洞大聖堂の夕時を知らせる鐘の音がソウルの都心に向かって響いていった。

日が暮れて安重根は旅館に戻った。旅館では弟の安定根《アンジョングン》が待っていた。安定根は安重根より六つ年下で、ソウルの養正義塾《ヤンジョンイスク》（一九〇五年厳柱益が創立した近代式の私立学校）で法学の勉強をしていた。安定根は幼い時から思慮深く、勉強好きだった。門中や村の年長者には慇懃《いんぎん》で、門中に生じる大小の問題も一つ一つ解決をしてくれた。

父の安泰勲は、長男がつねにほっつき回っているため、家のことは次男に任せていた。鍾路南《ナム》門洞《ムンドン》の下宿部屋で兄の電報をもらった安定根は、市街戦が繰り広げられる都心地の路地裏を歩いて明洞の旅館までたどり着いたのだった。

兄弟は旅館部屋で向かい合って座り、町で買った弁当で夕飯を済ませた。安重根は豆満江を越えて大陸に行く自分の計画を弟に話した。

「明日の朝、ソウル駅から汽車に乗って釜山に行き、船に乗って元山に……」

安定根は兄が旅立つ理由を聞かなかった。その日ソウルの都心で目撃した出来事が十分に説明していた。安定根は兄がここに残って、ともに耐えていってくれることを望んだ。どこであろうと、耐えがたいことがあり、それを耐えていくことには変わりがなさそうだった。

安定根が言った。

「兄さんは長男です」

長男という言葉が安重根の胸を打った。

「大陸に渡っても、おれは変わらず長男だ」

「母さんは私が面倒みるけど、兄嫁《ねえ》さんや子どもたちはどうするつもりですか」

「どうしようもないことを何度も言わせないでくれ。向こうで落ち着いたら連れて行く」

「兄さん、行かないでください。ここで暮らしましょう」

「ここはすでに伊藤の世の中だ。おれは生きている以上、自分の生きる道を探しに行く。これは虫けらだって獣だって人間だって同じだ。それが長男の道なのだ」

安定根は兄が相談しようと来たのではなく、ただ自分の決心を知らせにソウルに来ただけであることを悟った。安定根は長く話すことなくその場を立ち去った。

「遠路、気をつけてください。母さんには兄さんがウラジに向かったと伝えます」

安定根は帰った。安重根は闇の中で横になった。銃声と笛の音、叫び声、道を駆け抜ける馬のひづめの音が聞こえてくるようだった。

6

「今、朝廷には国運を委託すべき臣下はおらず、高い位冠を戴いて玉貫子《オックァンジャ》を垂らした者は皆、伊藤の権勢に従う集団でございます。津々浦々で哀れな百姓たちが農具をもって立ち上がり、倭と戦っております。その忠節は美しく、志は立派ですが、大勢を取り戻すのは難しいと思われます。今、国の存亡は陛下の御心にかかっております。どうぞ誠心を正され、御意志を強くお持ちくださいませ。乙巳条約の時、王様を威迫して朝廷を軽んじた者をすべて御名のもとに引きずり出して大韓門の前で首を刎《は》ね、百姓たちにお見せくださいませ。陛下の刀を机上に振り下ろし、その威厳をお示しくださいませ」

「臣の文が正しく、志が高いことを、朕は知っている。臣は千里先のことを話すが、時勢に従うのもまた順理だろう。王が天下を察するのは、書生が文をしたためるのとは違う」

「反逆で国が滅び、侵略で国が傾いた歴史については書冊で読んでおりますが、証書を書いて国を引き渡した歴史は万古にありません。陛下、彼らが勢力の強さを掲げて脅迫してきたら、ひたすら綱常（人の守るべき道義）と人倫の力で対抗してくださいませ。五百年の社稷《しゃしょく》（国家・朝廷の意）が陛下をお護りしております」

「臣はいくつもの上疏《じょうそ》に対する朕の批答を見なかったのか。どうしてこんなに煩《わずら》わしくするのだ。義を立てて雄大な文を作ることが王の仕事なのではない。退いて修身に努めるべし」

「臣は忠と義という二文字を仰ぎつつ、草野にて痛哭しております。今、悪賢い群れが外国軍隊の威勢を後ろ盾にして陛下を脅迫しています。ひたすら誠心を正しくお持ちになり、陛下の威厳で国を正してくださいませ」

「臣の忠心は知っている。君だけがそう語っているのではない。朕はすでにすべてを話している。朕は同じことを繰り返さない。集団で泣き叫びながら騒ぎ立てる百姓たちよ、互いに諭し合い導き合って、家に帰り生業に努めよ。百姓たちよ、ああ、百姓たちよ」

　伊藤は朝鮮の朝廷で、君臣間に交わされた上疏と批答の内容をおおかた知っていた。皇帝の至近にいる朝鮮の官僚や、上疏して皇帝の批答を受けた者が、その内容を統監府に密告してくるのだった。

伊藤は日本枢密院の議長職に内定していた。伊藤統監の後任には曾禰荒助《そねあらすけ》が就くという噂が聞こえてきていた。伊藤はまさに朝鮮を去る準備をしていた。

伊藤は後任の統監に伝える施政勧告の方針を文書で作成した。


「朝鮮の群衆の騒擾を鎮めないまま、統監職を去ることとなり、心苦しく思う……騒擾の首魁《しゅかい》の大部分は儒家思想を持った識者であり、朝鮮王もこの儒生たちの勢力に大きく依存している……儒者たちは大部分が無職公権の書生として物理力はないが、朝鮮暴民に及ぼす感化力はいたって大きいため、警戒が必要である。朝鮮皇帝、朝鮮儒生、朝鮮民衆が不穏の軸となっている。そのため、朝鮮儒生の勢力が朝鮮皇帝に接する通路を遮断すれば、民衆の騒擾は次第に無力化すると期待される。しかし、抵抗の精神と深遠な歴史に根を置いているため、突出する抵抗については武断で対処する方案が取られなければならない。統監は大日本帝国天皇の直属であり、朝鮮皇帝に代わって朝鮮を統治する」


伊藤は後任の統監に伝える文書を秘書官に預けてから、警視総監を呼び指示をした。

「衛生に関する命令だ。ソウル都城内の町中での脱糞と放尿を禁ずる。児童も含む。家の糞尿を道に捨てないようにする。糞尿は必ず収去して処理場に捨てるように行政が組織的に取り組むこと。物乞いと浮浪者たちが門前で物を乞うことを禁ずる。彼らを都城の外に放逐すること。訓令で知らせ、兵力で取り締まるようにせよ。同じ命令が反復すると、権威が棄損され施行が難しくなる。糞尿の問題は繰り返して言わない。今回は厳重に対処して統監の意志を見せねばならない」

伊藤はソウルに初めて赴任した時、糞尿の匂いに仰天した。大人と子どもが道端で尻を出してしゃがみ糞をし、家ごとに毎朝尿瓶を持ち出して尿を捨てた。梅雨時は、便所が溢れて糞の塊が散らばっていた。糞尿の匂いは村の路地裏ごとに染み込んでおり、南大門の町貞洞《チョンドン》ですら糞の塊が散在していた。統監府職員が夜道を歩いていて糞を踏んで滑ったという話を、伊藤は酒を飲みながら料亭の妓生から聞いた。

伊藤は徳寿宮で会った朝鮮の大臣たちを呼んで、町内の糞を片づけるように言った。統監が糞の問題を持ち出すと、朝鮮の大臣は顔を背《そむ》けた。

「統監閣下の目配りがこのように緻密で何とも恐れ多いです」

「糞尿の問題は仁義礼智に先立つものです。これが朝鮮のもっとも至急を要する当面の課題です。即刻、是正するようにしなさい」

伊藤は継続して統監府と朝鮮朝廷に取り組ませたが、町は相変わらず糞だらけだった。排便は妨げることができない。食べれば排便する。統監府を去りながら伊藤はソウルの都心に公衆便所を増やし、糞尿を道に捨てる者を厳罰に処すように繰り返し指示した。人間の営みとして発生するものであるがゆえに、糞には勝てないものなのか……伊藤は人知れずこうつぶやいた。毎日新しい糞があちこちにちらばっていった。

朝鮮朝廷は去っていく伊藤のために勅使級の送別の宴を催した。統監府の高位官僚、駐箚軍の指揮部と朝鮮朝廷の内閣大臣、民間人代表が参加する会だった。料理は朝鮮式と西洋式の折衷で作られ、朝鮮掌楽部《チャンアクブ》の女楽が披露されることになっていた。

伊藤は送別の辞の原稿を書いてくるように官房に指示した。維新で時代を新しくする明治天皇の開闢《かいびゃく》の志を表に出しつつ、東洋平和の大きな枠組みの中で朝鮮を経営する日本の大義を明示し、風前の灯の危機から朝鮮を救おうとする日本の文明的で効果的な役割を強調するようにとの指針を下した。

伊藤は官房から提出された原稿を読んですぐさま棄却した。官房でも筆が立つと知られた秘書官が作成した演説文は、明治天皇の存在を抽象的な概念に閉じ込め、日本が朝鮮に進出する大義を語りながらも厚生福利と殖産増進、秩序回復にばかり力点を置き、文明史的な次元に達していなかったのだ。

伊藤は原稿を直接書くことにし万年筆を手にした。

「徳川幕府の末年に、米国の黒船が沿岸を侵犯した際、我ら若い志士たちはその黒くて醜悪な船の出現が何を意味するかを知って恐れをなし、身を震わせた。迫り来る世紀の恐怖をそれぞれの若い体で感じたのだ。

知ることの痛切さを知った者は世の中を変えることができる。知るということは事物の実情を見る精神的作用だ。実情を見る者は自分の身の置き方を知り、自分のなすべきことを自ら知る。

この世界は人間が作る構造物だ。知らなければ世界は作れない。我々の知識は事物に向かっていく。これが帝国の道だ。今、風雲は急を告げている。

この開闢を西洋人は革命と称しているが、帝国の旗は維新である。維新は万世一系の皇統を帝国の枢機（かなめの意）にしている。皇統は帝国の体として不可侵であり、その尊厳の核は静寂である。枢機は天来の恩寵であり、人間の作る神性である。ここから帝国の権能が始まる」

伊藤は書くのを中止した。高揚する文の勢いを鎮めなければならなかったが、一度浮いた文勢は簡単には落ち着かなかった。帝国精神の核心である機密を漏洩するかもしれない。朝鮮の大臣らも参加する送別の宴の場では、日本の高くて深い部分を語るより、後任統監の施政に役立つ話をするのが妥当だった。伊藤は使いの者を呼び、茶を持って来させた。

……聞いても理解できない者が多いだろう。わかりやすく話そう。伊藤は万年筆を取って書き続けた。

「繰り返して話すが、この世界は人間が作る構造物である。帝国は東洋天地において古来の巨悪と戦いながら、この構造物を製作している。これが東洋平和の枠組みであり、朝鮮独立の土台である。朝鮮は自らこの枠組みの中に入ってくることで、存亡の危機から逃れ、皇帝と百姓が共に新生を図ることができる。無駄な力を使うな。楽な道があるのに険路に入る必要はない。帝国は未来に向かって進んでいる。朝鮮は作られた道を歩めばいい。朝鮮の社稷は帝国の懐のなかで安穏を保つだろう。ゆえに一時の憐憫《れんびん》を捨て壮大な未来を迎え入れよう」

伊藤は再び万年筆を置いた。遠回しの文になってしまった。文章が遠回りすればするほど無駄な話が多くなり、当面の問題の核心に到達できない。ひどい文章だった。

……腐敗した王朝の貪虐《たんぎゃく》のために骨と皮しか残っていない朝鮮民衆が、崩れていく王朝をこれほどまでに熾烈に擁護している。実に難しい事態である。簡単な話ではない……

伊藤はすべてを棄却し、再び書き始めた。

「今、朝鮮の病痛は固陋《ころう》な儒生の勢力が皇室との密着のもと、群衆を扇動して騒擾を起こしている事態である。この儒生らは代々山林に蟄居《ちっきょ》して流水と浮雲を眺め、孔孟の治教を取り上げつつ、事物は見ずに人間の性理ばかり甲論乙駁《こうろんおつばく》するかと思えば、吟風弄月《ぎんぷうろうげつ》と空理空論で虚しく時を過ごしている集団である。彼らは事理に迂遠、事務に迂闊。朝鮮儒林の師表と称される崔益鉉の固陋を見ろ。彼がこの世界の物性について何を知っているというのだ。彼が歴史の層位と発展原理に関して何がわかり、時代の展開方向について何を理解しているというのだ。彼は力の作動原理を知らない。雄壮で虚妄な言辞を説破することで、躍動する世界の風雲に耐えられるとでも言うのか。このような連中に時運を寄託したら、朝鮮は自らを保全することすらできない。自ら独立する力がない者が、敵対する各方面の力を引き入れ、その緩衝の場に一人で立つことなどはできない。さまざまな力が朝鮮半島でぶつかりあうとすれば、平和は保障されない。朝鮮が平和と独立を同時に享受する道は、帝国の枠組みの中に順応して入ることだ。これが朝鮮の独立であり、東洋の平和だ」

伊藤は、この文章がこの世について筋道を立ててわかりやすく説明していると判断した。伊藤はさらに書き続け、演説文の原稿を完成させた。

送別の宴は景福宮《キョンボックン》の慶会楼《キョンフェル》で開かれた。伊藤は燕尾服に勲章をつけ、朝鮮大臣たちは洋服を着ていた。駐箚軍の参謀は軍服に刀を帯びていた。きもの姿の芸妓たちが三味線を手に入ってきた。三人の朝鮮大臣からの送別の辞が終わり、伊藤が演壇に登った。伊藤は準備した原稿を読んでいたが、途中で原稿を閉じ、話し始めた。その声は震えていた。

「朝鮮人は中国に仕えてきたので、悦服《えっぷく》という言葉を知っているだろう。悦服は喜んで自ら従うという意味である。今朝鮮の独立を保障し、東洋の平和を実現するには、朝鮮人の悦服が必要だ。悦服とは大日本帝国の枠組みの中に順応して入ることである。悦服は文明開化の入口であり、東洋平和と朝鮮独立の基礎である」

演説の最後に、伊藤は悦服、悦服と叫んだ。料理を下げると、掌楽部が女楽を捧げた。朝鮮の大臣たちは踊りを見たり、頷いたり、遠いところを眺めたりしていた。自分の演説が朝鮮の大臣たちに染み込んでいないことを伊藤は感じた。退屈な踊りが続き、酒興が湧かないなか、冷たい空気が流れていた。

伊藤は乾杯の盃を掲げ、

「悦服《えっぷく》、悦服《えっぷく》」

を叫んだ。数人の朝鮮大臣たちが悦服《エップク》、悦服《エップク》と伊藤の後について叫んだ。

伊藤は再び盃を掲げて、

「文明開化」

を叫んだ。朝鮮の大臣たちがやはり盃を掲げて、

「開化《カイカ》、開化《カイカ》」

を叫んだ。

伊藤は送別の宴を早めに終わらせ、南山麓の天真楼に行った。私服姿の護衛兵がついていた。伊藤を内室に連れて行ってから、護衛兵は隣の部屋に入っていった。

きもの姿の朝鮮人妓生が酒膳を持って入ってきた。鯛の煮つけと銀杏焼きが肴だった。

伊藤は一人でつぶやいた。

「花子《はなこ》はまだなのか」

「花子は非番です」

朝鮮人の妓生は長い髪を一つに束ねて胸の前に垂らしていた。つやのある髪だった。

「いくつだ」

「二十五です」

「賢そうだな」

妓生が頭を下げる。髪の分け目が白く現れた。

「故郷はどこだ」

「全羅道《チョルラド》の万頃《マンギョン》です」

「いいところだ。平野が広くて米がたくさんとれる。そこに土地はあるのか」

妓生は答えなかった。

伊藤が尋ねた。

「経水（経月）は順調か」

妓生は経水という言葉がわからず、伊藤の顔を見上げた。伊藤は声を上げて笑った。その笑い声が消えると、伊藤は妓生を引き寄せた。

7

豆満江を渡っても安重根は定住しなかった。間島やロシア領内陸の山村、沿海州の海辺などを流れ渡りながら、韓人たちの生き様を観察した。その後ハバロフスクで汽船に乗り、鴨緑江を遡った。川辺の船着場に降りて雪に埋もれた村に泊まったこともあった。安重根は村の名前を覚えていなかった。用もなく、知り合いもいない村だったが、必ず自分の目で見て自分の足で歩いてみたい、そんな村だった。韓人たちは三、四軒ずつ集まって暮らしていた。家はみんな背が低かった。粘土と石を混ぜたもので作った家は、互いに垣を挟んで並んでいた。家ごとに縄で束ねてくくった夏野菜の葉が軒先の土塀に干され、男たちは凍った川に穴をあけて釣り針を垂れていた。彼らは移動中に川べりに降り立った、渡り鳥のように見えた。

移住して間もない人たちはそれぞれ地方の訛りがあった。咸鏡道《ハムギョンド》の人間は咸鏡道の方言を使い、平安道《ピョンアンド》の人は平安道訛りのままだった。全羅道にも独特の方言があった。安重根が韓国語で話しかけると、まずは故郷を、続いて目的地を、聞いてきた。安重根と同郷である黄海道の人たちは白米のご飯に粟酒をもてなしてくれた。垣の外では川が波を立てて流れていた。鴨緑江は広くて向こう岸が見えず、曇った空の下では、いつも黒く見えた。

日が暮れると、安重根は宿屋に泊まった。一部屋に六、七人が一緒に寝る。ロシア人に中国人、満州人、そして韓人も混じっていた。泊り客は所持品の風呂敷き包みを胸に抱いて寝ていた。鼾《いびき》をかく者、酒を飲みすぎて吐く者、幻にうなされて声を出す者、いろいろだった。

伊藤をどうにかしなければならないという思いが、いつからかはっきりわからないが、確実に生まれつつあった。不治の重病のように体中に次第に広がっていく。体から取り出して、外に投げ捨てるわけにはいかなかった。

真っ暗な部屋で眠りにつこうとしていた、ある日の夜、安重根は伊藤が生きていることに耐えられず、もがいていた。伊藤を殺してしまいたいというより、伊藤を生かしておいてこの世を思うままにさせたくないという思いだった。伊藤の存在を抹殺する、これが自分の心の叫びだと安重根は考えた。

というより、そもそも伊藤がこの世に生まれてこなかったかのように、彼の人生すべてを消し去ってしまいたいと思うのだが、それが結局、伊藤の命を奪うことを意味するのかどうかについては、まだわからないところがあった。

だが、伊藤の命を奪わずに、この世を乱す彼の行為だけを止めさせることは不可能だとも思っていた。そのために伊藤を殺さなければならないとするなら、その目的は人を殺すことにあるのではなく、伊藤の行為を止めさせなければならない理由を広くこの世に知らしめることにあった。伊藤を殺さずには、この世の人が自分の声に耳を貸してくれるはずがなかった。一人でつぶやくのではなく、この世に理解させることが必要なのだ。ただ、たとえ殺してから話したとしても、それが伊藤の作ったこの世界で、どれだけの人に届くかはわからないが……

この世で伊藤の行為を止めさせ、この世と伊藤の間を引き離すには、伊藤を殺す以外に方法はないのかと、安重根は闇の中で考え続けた。考えは闇の中で壁にぶつかるばかりで、結論に達しなかった。ぼうっとかすんだままだった。

伊藤が小柄で、額が広く、髭が濃いという話を、安重根は黄海道で聞いたことがあった。伊藤はソウルの統監府にいたが、ソウルは鴨緑江からはるか彼方にあり、とても手が届かないということを、安重根は知っていた。

……「伊藤は遠くにいる。しかも伊藤は小柄だ」

宿屋で一晩を過ごした男たちは、朝になると、あちこちに散らばって行った。互いの行き先を聞く者はいなかった。安重根は船着場で下流に向かう船に乗った。そしてハバロフスクで降りて沿海州の煙秋《ヨンチュ》に向かった。

一九〇八年沿海州の韓人たちは、三百人規模の義兵隊を結成した。安重根は参謀中将の階級で右営将《ウヨンジャン》の地位についた。彼のもとには五十名余りの兵がいた。その年の夏、韓人の義兵隊は豆満江を渡って、咸鏡北道慶興《ハンギョンブクトキョンフン》の山岳高地へと進出した。

進出する前日、兵は豆満江北岸に集まった。敗退したロシア兵の武器を密売人が買い集め、それを韓人の財力家が買い取って義兵隊に提供してくれた。その武器はすべて豆満江沿岸へと運ばれた。

出征前に安重根は部下に言った。

「郷土を失った我々は、一体どこへ行くというのだ。一度の戦いで成功するなんてことはありえない。これは明白な事実だ。我々はその時の勝敗や有利不利を考えずに、戦わなければならない」

勝算がないというよりは、最初から勝算を計算した戦いはできないということを、隊員たちは知っていた。

安重根の部隊は、日本軍部隊を相手に計画的な作戦を展開することができなかった。山中を移動中、遭遇した日本軍の分遣隊や斥候兵二、三人を相手に小戦闘を行った。双方で三、四人ずつの死傷者が出た。死んだ者たちは敵味方の区別なく倒れた。義兵たちは死んだ日本兵の靴を脱がせて履き、軍服を剝いで着た。

安重根部隊の将校たちが三人の捕虜を連行してきた。二人は日本の私兵であり、もう一人は民間人だった。捕虜は実弾の入っていない小銃を持っていた。交戦中に逃げる者たちを追撃して捕まえてきたと、将校たちは捕虜にした経緯を報告した。投降してきた者たちでないことは明らかだった。民間人一人がなぜ山奥で戦闘する軍人と一緒にいたのか理解できなかった。

捕虜は皆年老いて見えた。彼らは強制的に戦争に連れ出されたと言って許しを乞うた。このような境遇に陥ったのも、避けようのないことだったのだと泣きながら訴えた。安重根の前で捕虜は命だけは助けてくれと懇願していた。捕虜たちも生きた人間だった。生きたいと懇願するのは、生きている証拠だった。彼らを殺してしまうことが、国権回復に役立つのかどうかを安重根は考えた。無意味な苦悩にも思われた。彼らを同行させながら飯を食わせることは無理であり、戦闘員として使うことも不可能だった。

安重根は言った。

「おまえたちは帰るがいい。帰って捕虜になっていたことを漏らしてはならんぞ」

捕虜の中の古参が言った。

「銃器なしで帰ると、軍法によって処刑されます。どうすればいいでしょうか」

安重根は捕虜たちに小銃を返してあげた。

「持って帰るんだ。行って口外してはならんぞ」

捕虜たちは帰っていった。

将校たちは安重根に抗議した。日本軍が捕まえた義兵を虐殺した事例を挙げながら憤慨した。

「おれたちは敵を殺す目的で、今の苦労をしているのではないのか！」

「捕虜を殺すかどうかは、また別の問題だ。おまえたちはつべこべ言うな」

将校一人は追従者を連れて部隊を去っていった。

釈放された日本軍の捕虜は部隊に戻って、安重根の部隊の位置と兵力の規模を報告した。日本軍部隊は即時に出動した。釈放された者たちが先頭に立っていた。会寧《フェリョン》から日本軍が四方を包囲しながら攻め込んできたが、安重根の部隊は対抗できなかった。将校たちは捕虜を帰したために部隊の位置が露見したと、安重根を非難した。安重根の部隊は指揮統制が崩れ、七、八名ずつ群れをつくって散らばっていった。山の中をさまよいながら、互いに偶然出会ってはまた別れた。降伏して捕虜になろうと言う隊員と、集団自決しようと言う隊員が喧嘩した。梅雨の雨が数日間降り続け、霧もかかって峰も谷も見えなかった。草の根を採って食べ、木の実を摘んで食べた。怪我をした足に服を裂いて巻き付けた。鶏や犬の鳴き声が聞こえると、民家に降りていって飯をもらい食った。

安重根は出兵してから一か月半ぶりに豆満江を渡って、ロシア領の煙秋に戻った。山中で解散した隊員たちのなかには、一人、二人と煙秋に帰って来た者もいれば、また帰れなかった者もいた。作戦は成功しなかった。義兵の隊員はそれぞれ熱血と忠誠から志願入隊した者たちだったが、義気が烈《はげ》しければ烈しいほど命令に従わず、軍律で統制するのが難しかった。半島の村々で死体を積みながらも、つぶされてはまた立ち上がる義兵のことを安重根は考えた。体系もなく秩序もない激情だった。終わりのない犠牲がこれからも続くのだろうが、国権の回復はいくら死を積み重ねたところで実現しそうになかった。

山中で捕まえた日本軍捕虜をその時殺すべきだったのかと、安重根は自問自答を繰り返した。だが、答えを出すことができなかった。

ロシア領の煙秋は豆満江の端にあった。白頭山から流れてきた豆満江が東海《トンヘ》に注ぎ込む入り口に鹿屯島《ノクトゥンド》が位置している。川向こうの慶興の地には、川辺に小さな入り江の村がいくつかあるが、ロシア領の方には人の気配がなかった。三百年余り前、朝鮮の将軍、李舜臣《イスンシン》が鹿屯島に攻めてきた女真族を退けたことで、戦勝碑が残っていた。鹿屯島の前の西水羅《ソスラ》という村の牛巖烽燧《ウアムボンス》は、東北面の烽燧《ほうすい》（のろし）の始発点だった場所で、烽燧はいったん豆満江を遡っては再び東海岸へと下り、安辺《アンビョン》のあたりで半島を横切ってソウル南山に達した。

朝鮮の痕跡があるのはそこまでで、川を渡りロシア領に入っていくと、ウラジオストクまでは無人境の平野が広がるが、ときたま凶作に見舞われ貪虐に苦しんだ朝鮮の零細農民たちが川を渡って来てつくった村があった。朝鮮からの移住民は、低地には水を溜めて稲を植え、水を引けない地は石を取り除いて豆を植えた。ロシアの地方政府は必死に働く韓人の移住を妨げることはなかった。

煙秋で安重根は韓人の家に居候したり、旅館に泊まったりした。煙秋に戻ってきた隊員たちは、安重根が勝手に捕虜を生かしたせいで奇襲攻撃を受けたと、噂を広めていた。煙秋ではもう安重根は動けなかった。人を集め蜂起することが次第に難しくなっていた。だからといって一人できることも見つけられなかった。煙秋ではいつも寝て暮らし、たまに村に出かけては遠くから来た人の噂話に耳を傾ける日々だった。噂は錯綜し、根拠のない話のほうがより早く広まっていた。その年の冬はことさら騒々しかった。

翌年伊藤がまもなく満州からやってくるという噂が煙秋の韓人社会に広まった。アメリカ新聞に載った記事を清の新聞が転載し、その記事を読んだ人がまた広めたのだ。ロシア新聞に載った記事が満州の地方新聞に転載され、それを読んだという人もいた。日本の新聞は伊藤が韓国統監の職を辞退して、閑職である枢密院議長に就き、物見目的で満州を旅するのだと報道しており、ロシア新聞は伊藤の訪満目的は鉄道視察だが、その意図は東洋経営の構図を描くためだと伝えたと、ロシア語新聞の読める人間は話した。伊藤がすぐ来ると言っても、すぐがいつなのか、どこへ来るのか、なぜ来るのかについては誰も知らなかった。だが、みんなが伊藤を待っていたかのようにささやき合い、ささやいているうちに、伊藤が来ることは既成事実となっていった。

煙秋での日々は退屈だった。十月中旬のある日の夕方、安重根は下宿屋で日付の過ぎた日本の新聞の記事を読んだ。下宿屋主人の親戚が日雇い労働をしにソウルから煙秋に来たが、その時引っ越しの荷物のなかに入っていた新聞だった。題号のところが破れて何の新聞かもわからなかったが、発行は一九〇九年二月、つまり八か月前に発行された新聞だった。

そこには高麗王宮の満月台の廃墟を巡幸する純宗と伊藤の写真が載っていた。遠くから撮って顔はわからないが、写真の中央に日傘が見えるので、その下にいるのが純宗で、その隣が伊藤であることがわかる。帯刀した日本軍将校が膝を直角に曲げる歩行姿勢で後についてきていた。純宗と伊藤の後ろには崩れた満月台の石階段が見え、扈従《こじゅう》隊列が中央に並んでいた。階段の向こうの廃墟が空と接していた。五百年前に滅亡した高麗王朝の廃墟が、今朝の滅亡の跡のように見える。安重根は日傘の横を注意深く見た。伊藤がそこにいた。

「……これが伊藤だな」

写真の中の伊藤は体軀が小さく見えた。

「……聞いていたとおり小柄だ。これは伊藤にちがいない」

記事には「皇帝に随行される伊藤公」という題目がついていた。安重根はその新聞記事を折りたたみ、カトリック教祈禱書の間に挟んだ。

満月台で撮った伊藤の写真は安重根に稲妻のような衝撃を与えた。瞬間、視野が開けたようだった。身体の奥深くで、黒雲のようなものに覆われていた何かが、突然鮮明な姿を現した。伊藤の身体が安重根の目の前に大きく立ちはだかっていた。

「……時間がない。煙秋を去ろう。動けるところに行こう。自分をその場に立たせるのだ。生きているうちに、この生きている身体をぶつけるのだ……」

新聞に載った伊藤の姿を見て、安重根は標的が向こうから自分を手招きしているのを感じた。まず、ウラジオストクに行き、伊藤の日程に関する正確な情報を集めようと思った。つい最近まで伊藤を殺さなければならないという考えは、自覚症状のない癌のように心のどこかに隠れていたが、満月台の写真を見た瞬間、癌組織が破裂し、光を放つかのようだった。全身が震えた。

安重根は十月十九日の朝、下宿を出た。同方向に向かう馬車に乗り、煙秋のポシェト港へ行った。ポシェトは小さな港だった。遠海に出られない漁船が、近寄ってくる魚を捕っては戻る、そんな港だった。

ポシェト港からは二週間に一度、汽船がウラジオストクとの間を往来していた。汽船の本業は石炭輸送で、余分な空間に旅客を乗せていた。出航の時間が一定しておらず、早く着いた客たちは埠頭前の旅館に泊まっていた。

安重根がポシェト港の埠頭に到着した時、ウラジオストクに行く汽船はすでに搭乗が終わり、エンジンを始動させていた。安重根はかろうじて船に乗った。船は海岸線をなぞりながら北上し始めた。


ウラジオストクに到着した安重根はすぐに大東共報社に立ち寄った。大東共報社には特に用のない韓人たちがやってきては、半日ほど時局の話をしたり、韓人社会内の派閥間の醜聞を伝え合ったりして帰っていった。大東共報は日本の新聞、中国の新聞、ロシアの新聞の紙面から朝鮮関連の記事を選んでは韓国語に翻訳し掲載するほか、上海、北京、ソウルから来た旅行者たちからの情報も載せていた。主筆李剛《イガン》が毎号の論説を書き、関島や沿海州に住む韓人識者たちが投稿を寄せた。大東共報は週に二度発行されるが、中国内陸の都市やアメリカの韓人社会にも郵送された。朝鮮国内に搬入された大東共報の大部分は統監府に押収されるが、一部は市中に広まっていた。

夕どきの編集室は閑散としていた。李剛主筆が職員一人とともに各新聞の記事に目を通していた。李剛とは顔見知りだったが、その知識人らしい風貌に安重根は前から距離感を覚えていた。

「これをちょっと見てください。伊藤がハルビンに来るそうですよ」

李剛主筆が日本の新聞を安重根の前に差し出した。記事は日本内閣の公式発表を引用したものだった。伊藤が十月下旬ハルビンでロシア財務長官のココフツォフと会談を行う予定だという。伊藤の満州訪問は個人資格だが、遊覧中に南満州の鉄道を視察する予定であるとも伝えていた。新聞一面の上段には伊藤の人物写真が載っている。

李剛が言った。

「安先生、どうですか」

安重根は李剛が何を尋ねたいのかわかる気もしたが、答えなかった。伊藤の顔写真を眺めていた安重根は突然息苦しくなった。伊藤の顔は冷たく平面的に見えた。髭はかなり濃かった。

「……これが伊藤の顔か。普通の人と別段違いがない」

南満州鉄道を視察するとなると、伊藤は門司から汽船で大連に来て、そこから列車に乗って奉天、長春を経てハルビンに到達するはずだ。

ウラジオストクからハルビンに行くには、満州の内陸を北西方向に移動する。いくつもの山や山村の駅を通り過ぎる鉄道の光景が安重根の目の前に浮かぶ。鉄路は闇の中へと延びている。その遠い向こうから伊藤がやってくる。遠くからホタルの光のような、点滅する光が近づいてくるのだ。いや、それは光というよりもはや抑えることのできない強烈な衝動だった。二拍子のリズムを奏でる列車の音に乗って、その光は迫ってくる。突然、そこにウィルヘルムから洗礼を受けた時のあの光も現れ、二つの光は重なった。伊藤の写真を凝視していた安重根は、そっと目を閉じた。

李剛が言った。

「枢密院議長の身分で個人資格の旅行？　話になりません。その上、ロシアの財務長官にハルビンで会うと言うのだから、清国や朝鮮を出し抜いて何かの取引をしようという魂胆に違いありません。おそらく満州横断鉄道の管理権に関する交渉じゃないかと思います」

李剛はいつもの知識人調で話した。李剛の情勢分析を安重根はいつもうわの空で聞いていた。伊藤が来るということが重大なのであって伊藤がなぜ来るのかは知る必要がなかった。なぜ来るのか、それは伊藤にとってのみ重要なことだった。

「そうでしょうね。この新聞、持って行ってもいいですか」

「全部読んだので持って行ってください」

安重根は伊藤の記事が載った新聞をポケットに捻じ込み、大東共報社を去った。

安重根は禹徳淳《ウドクスン》の下宿部屋に行った。伊藤がハルビンに来るというニュースを聞いてから、どうして禹徳淳のところに向かおうとしたのか、その理由ははっきりしなかった。おそらく何故というより、そうするしかなかったということなのだろう。

昨年、安重根が沿海州一帯で集めた兵力を率いて豆満江を渡り、朝鮮の地に進攻する時、禹徳淳も銃を持ってついてきた。その頃、安重根は義軍の参謀中将の職位を担っていた。安重根には荷が重すぎて息苦しい地位だった。会寧で日本軍部隊と遭遇して敗戦した際も一緒だったが、下っ端隊員だった禹徳淳にとって参謀中将の安重根は距離のある存在だった。

禹徳淳は口数が少なく、部隊の中でも一人浮いた存在だった。義兵隊員たちの声高な時局話に口を挟まず、闘争の大義についても語ることはなかった。禹徳淳が隊列に加わったことについて他の隊員たちは首を捻っていた。禹徳淳は部隊のなかにいても、自分一人で戦っている人間のようにも見えた。それでも山奥のどこかで、名も知れぬ木の実を採ってきてくれた禹徳淳の姿が安重根の記憶に残っていた。会寧での解散で部隊を去った禹徳淳は、再び一人で豆満江を渡っていたのだった。

安重根はウラジオストクに来てから、そこに禹徳淳がいることを知った。二人は会っても会寧で解散した時のことは口にしなかった。

禹徳淳は己卯《きぼう》生まれで安重根と同じ年だった。互いにため口を利いたりもしたが、禹徳淳にとって安重根は、その精神的崇高さから一目置く存在だった。

禹徳淳の下宿はウラジオストク北部の零細民密集地域にあった。二階建て鉄筋コンクリートの建物の中は、ハチの巣のように細かく分かれていて、その一間一間ごとに住人が入っていた。禹徳淳の部屋は一階の、道側に切り戸がついた部屋だった。

安重根が戸をたたくと、禹徳淳は切り戸を開けて顔を見せた。朝寝をしていたのか、髪はぼさぼさだった。

「入りな」

「いや、出てこい」

安重根はカニを肴にしている居酒屋に禹徳淳を連れ出した。

禹徳淳は大東共報社の集金員をしていた。新聞購読者の家を回って購読料を集め、会社に入金するのが仕事だった。三、四回行かないと集金できない大変な仕事だったし、そのため集金した金を着服してそのままどこかに引っ越していった者もいた。禹徳淳は一か月に十ルーブルもらっていたが、下宿代は月に十八ルーブルだった。

集金の仕事がない日は、首にかけた木の板にタバコを並べて繁華街で売っていた。タバコ売りの収入のほうが多かったが、大東共報の集金員は名誉職のように思っていたし、固定給なので悪くはなかった。ウラジオストクに来る前はロシア内陸の鉱山村を回りながら、内服薬や手袋、靴下を売ったり、鉱夫の注文を受けて物品を購入してやったりする仕事をしていた。肩書きは大東共報社職員だったが、編集室のインテリたちとの交流はなかった。週に一回会社に集金した金を入金しに行ってはすぐに帰るだけだった。大東共報社の給料が少なすぎるので、そろそろ来月あたりで会社を辞めるつもりだった。ソウルに置いてきた妻子には一年間まったく送金ができずにいたのだ。また鉱山村に行って行商を行おうと、その宿を調べているところだった。

安重根は灯台の見える居酒屋で禹徳淳と向かい合って座った。蒸したズワイガニとホタテをつまみに頼んだ。ズワイガニの太い足は三尺もあり、ホタテは手の平ほどの大きさだった。禹徳淳は飲みすぎるほうだった。

安重根が禹徳淳の盃にウォッカを注ぎながら言った。

「食べろ。ウラジのズワイガニは盈徳《ヨンドク》のズワイガニより三倍は大きいぞ。身もぎっしり詰まっているし」

「冷たい海水のせいか、身は締まっているな」

「おれは父親が亡くなってから酒をやめたが、今日は一杯飲もう」

安重根が自分でウォッカを注いで飲んだ。そして、ポケットから新聞を取り出して、禹徳淳の前に広げて見せた。日本語の文字が苦手な禹徳淳はたどたどしく読んだ。

禹徳淳が言った。

「伊藤が来るというのか」

「そうだ、ハルビンに来る」

「本当に来るのか」

港の沖のルスキー島灯台の光が闇を照らしていた。周期的に居酒屋の中にまで差し込んできた。光が横切る瞬間、禹徳淳の顔が赤く上気しているのが見えた。

8

明治天皇は、ハルビンに旅立つ伊藤に道中で飲めと酒と干し魚を下賜した。

「今度の旅で卿の詩心がますます研ぎ澄まされることを願う。風流の中に経綸《けいりん》も熟すなり」

という御言葉とともにだった。

東京から門司までは列車、門司から大連までは汽船、大連から旅順、奉天、長春を経て、ハルビンまで再び列車で移動することになっていた。明治維新以後、東洋の海と大陸は一つにつながっていた。伊藤はその連接の持つ意味を肝に銘じた。灯台と鉄路がつながるなかで、東洋は新しく作られていた。

「今回の旅行は漫遊だ。せっかくの景観と風流を楽しもうと思う。恐れ多くも陛下から今回の旅にと御酒を賜った。陛下のお望みどおり、壊れかけた詩心を取り戻すことにしたい。それゆえに過度の報道は謹んでほしい」

と、伊藤は記者に求めたが、言論は伊藤の満州旅行に重大な政治的意味を付与していた。門司に向かう列車は新橋駅を出発した。きものを着た朝鮮皇太子、李垠が侍従を連れて伊藤を見送った。公爵、伯爵夫妻が子どもを連れて駅に行き、伊藤に挨拶させた。

枢密院議長秘書官、宮内省秘書官、外務省秘書官と主治医が公式随行し、伊藤の家従もついてきた。現地の警護は旅順の関東都督府の主管のもと、経由地の兵力を動員することになっていた。伊藤はフロックコート姿で杖をついていた。満面に微笑を浮かべ、プラットホームに並んで見送る者たちと順番に握手をした。握手を重ねるうちに、伊藤の顔からは微笑みが消え、素顔に戻った。その素顔は、伊藤をはるか遠い存在に見せた。

列車が新橋駅を発つ時、見送りにきた人たちは万歳を叫び、列車が過ぎ去ると手を振った。

汽船の鉄嶺丸《てつれいまる》は十月十六日の午後一時に門司を出港した。

乗船の前に記者の要請で写真撮影があった。門司の地方官吏が、伊藤のそばから官等順に並んで写真を撮った。

十四年前、日清戦争で大国、清は老いて太った体を動かすことができずに敗れた。清の極東兵力は作動しなかった。その時伊藤は清の北洋大臣、李《り》鴻章《こうしょう》を下関に呼んで降伏を取り付けた。清は遼東半島を切り離して日本に譲り、戦争賠償金を払った。さらに朝鮮に対して数百年続いた宗主権を放棄し、朝鮮の「独立」を日本に約束した。「独立」は清が朝鮮問題に関与しないという意味だった。その頃東学の首魁《しゅかい》全《チョン》 琫《ボン》 準《ジュン》が捕まって処刑され、日本の浪人たちが景福宮を襲撃して朝鮮王妃を殺した。下関で伊藤は李鴻章を圧迫しつつも、遠隔から朝鮮事態を処理させていたのだった。大連に向かう船を待ちながら、伊藤はその時のことを思い出した。清は敗れたが、李鴻章は大国の権力者らしく降伏文書に調印する時にも威厳を見せた。それは困難な調和だった。その時、李鴻章と食べた下関のふぐちりや飲んだ酒の味も蘇ってきた。世界を作ることとは、走る列車の窓のように過ぎ去る風景と迫りくる風景を一つにつなげることだった。

船は朝鮮半島の西南端を迂回して、海が荒れなければ五十時間程度、つまり十八日の午後四時頃には大連に到着する予定だと、船長が報告した。

木浦《モクポ》を遠回りしていくと、朝鮮半島の沿岸が見え始めた。夕闇の中、沿岸はぼんやりとかすんでいた。沿岸は夕やみに消えゆく、ただの山脈の痕跡であって、海からはそこで繰り広げられる殺戮や抵抗を想像することすら難しかった。

伊藤は船室で明治天皇が下賜した酒を飲んだ。船端にぶつかる波が水煙を上げて船窓を叩く。海は暗かった。

……日本、中国、朝鮮の間の海を帝国の汽船がこのように航行している。すでに東洋は一つだ。

伊藤が物思いに浸っていると、枢密院議長秘書官が入ってきてその後の日程を報告した。大連に到着した後、特別列車が停車する経由地ごとに、戦勝地、関東都督府の公館、博覧会場、商工会館、日本居留民団体を視察し、宿泊地では、夕方から歓迎の宴や僑民代表との接見、記念演説が予定されているということだった。伊藤は報告を中断させた。

「今回の満州訪問は物見旅行だと、わしはすでに話したはずだ。そのため、ロシア財務長官との用件は公式的に発表してはならない」

秘書官が手帳を取り出して伊藤の指示をメモした。

「大連、旅順地区では過去数十年間、彼我の血が川のように流れた。戦勝地を参拝するとしても、戦雲の記憶を蘇らせることなく、流血を慰撫する方向で世論を誘導するのだ」

「それから視察の日程に学校訪問を数件入れなさい。学童に配る贈り物も十分に準備しろ。行って学童たちの頭を撫でてやろうではないか。明治陛下も全国の巡幸中にはいくつかの学校を自ら訪問されている」

伊藤は枢密院議長秘書官を退かせ、宮内省の秘書官を呼んだ。伊藤は指示した。

「記念演説文は平和を中心に作成するのだ。大日本帝国が設定する平和の枠組みの中でこそ、東洋三国とロシアが調和して共存でき、文明開化の恩恵も受けることができる。日本にはこの枠組みを強固にする重大な責任があるということを示さなければならない。文明は先進から後進に流れるものであり、平和と文明開化は同じ方向にあると訴えるが、言辞は丁寧でやさしい表現を選びなさい」

指示を終え、伊藤は宮内省秘書官に酒を一杯注いでやった。

「飲みなさい。陛下からいただいた酒だ」

秘書官は跪いて盃を受けて飲んだ。秘書官は夜中十二時過ぎに帰っていった。

渤海湾の入り口は波が高かった。伊藤は波の揺れに身を任せ、深い眠りについた。

鉄嶺丸は予定された時間に大連港に到着した。雨が降っていた。埠頭の向かい側の丘から祝砲が上がる。炎が港の上空に飛んで散らばった。鉄嶺丸が接岸するまでの間、歓迎にきた居留民の代表たちはボートに乗って、汽船の周辺を回りながら万歳を叫んだ。

埠頭では関東都督府の高等官らが伊藤を出迎えた。伊藤が船から降りる時、軍楽隊が君が代を演奏し、歓迎客が斉唱した。黄色い管楽器が日光に輝いていた。

都督府書記官が伊藤の宮内省秘書官を通して、儀典と警護に関する事項を通告してきた。

「伊藤公爵が通過したり、宿泊したりする地域の日本官公署や日本人家庭は、日章旗を掲揚する。街の要所には大きな日章旗を交差させる形で掲げる。官公の判任官以上の官吏と各級の学校の生徒および主な市民は、駅に出て歓迎する。ただ、小学生は夜間には出さない」

「大連宴会場の参加者たちはすべてフロックコートか羽織袴を着る」

「宴会場の門前に電灯つきの看板を設置する」

「余興には、芸を積んだ芸者が手踊りを踊り、陸軍の軍楽隊が演奏する」

「戦勝地訪問の儀典と警護は別途指示に従う」


伊藤は満州に居住する中国人、ロシア人の政治的情緒を考慮して儀典と警護の水準を下げるよう都督府に要請した。都督府の高等官は当初警護に動員しようとしていた武装兵力を騎馬警官に格下げしたが、あとの儀典儀式は原案通りだった。

「帝国の威厳を誇示しつつも、戦勝後初の本国偉人を迎える居留民たちの自発的な敬慕の念も尊重しなければならない」

と高等官は文書で報告してきた。伊藤はこれ以上抑えるのは無理だと考え、秘書官に言った。

「都督府の官吏たちに大きな声を出さず、静かに円滑に進めろと伝えろ。これが大事だ」

都督府の官吏たちは集まって、いったい伊藤の本心がどちらにあるのかについて、ささやき合った。

9

安重根に会った翌日、禹徳淳は大東共報社に辞表を出した。会社からどこに行くつもりかと聞かれたら、タバコ売りに専念するか、鉱山村に行って行商を行うと答えるつもりだったが、彼に行き先を尋ねる人は誰もいなかった。

安重根が下宿部屋にやってきて酒を飲みながら、伊藤がハルビンに来ると話したときに、禹徳淳は安重根が訪ねて来た理由を悟った。安重根は禹徳淳に同行するかどうかを直接聞かなかったし、一緒に行こうとも言わなかった。伊藤の満州訪問を知らせる新聞を見せられた禹徳淳は安重根と行動をともにすることが自分の運命だと感じた。自分の生涯はこの不可解な運命の予感から逃れることはできないだろうと、禹徳淳は思ったのだ。その予感は伊藤を撃つという、明確な目標として現実となった。伊藤を撃てばその射撃の結果として伊藤は死ぬ。もし弾丸が急所を外れて伊藤が死ななかったとしても、銃を撃った理由をこの世に訴える場は生まれる。だが、禹徳淳は弾丸が急所に正確に当たることを心から願った。

あの日禹徳淳と居酒屋で向かい合ったとき、安重根は自分が訪ねて来た理由をあえて説明する必要がないことを感じ取った。禹徳淳は辞表が受理された時、経理の職員から餞別だと言って白い封筒を渡された。街に出て封を切ってみると、十ルーブル入っていた。下宿費を十七ルーブル滞納していた禹徳淳は、その十ルーブルを下宿屋の主人に渡したが、残りの七ルーブルはいつ払えるかわからなかった。

禹徳淳も安重根の住む部屋に訪ねて行った。安重根の部屋は庭の片隅にある離れだった。樹木が窓を遮って一日中暗そうだった。外の木の枝では鳥たちが羽ばたきをしていた。ウラジオストクの鳥も朝鮮の鳥も鳴き声は同じだった。

「さあ、入れ」

安重根は待っていたかのように、禹徳淳を部屋に入れた。オンドル部屋の文机を間に安重根と禹徳淳は向かい合って座った。安重根は白い紙を広げ、鉛筆で満州の地図を無造作に描き始めた。大連港からハルビンに至る鉄路を引き、さらにウラジオストクから満州を横切ってハルビンに達する鉄路を描いた。二本の鉄路はハルビンで繋がっている。安重根は言った。

「ハルビンは満州の中心だ。伊藤は大連から北上してハルビンに向かい、おれたちはウラジオストクから西に向かってハルビンに行く。ロシアの財務長官ココフツォフはモスクワからハルビンに来る」

禹徳淳は安重根が描いた絵を覗き込みながら言った。

「そうか。日本は大連で勝利したが、伊藤はその大連からさらにハルビンにまで来るのだな」

「おれはハルビンに行ったことがない。おまえは」

「おれもない」

しばらく沈黙が流れる。安重根と禹徳淳は互いの視線を避け、壁を見つめた。安重根はつばを飲み込み、ためらいがちに聞いた。

「おまえはなぜおれについて来ようとするんだ。なぜ伊藤を撃とうという気になったんだ」

「それは話す必要がない。これからも話さないことにする」

これで後の話は続けやすくなった。禹徳淳が聞いた。

「伊藤は今どこにいる」

「すでに大連に来ている。明日か明後日、専用列車で北に向かって出発するだろう。今朝、大東共報社で得た情報だ」

「時間がないな」

禹徳淳は乾いた唇をなめた。冷水を禹徳淳の前に差し出しながら安重根が聞いた。

「おまえ、拳銃は持っているのか」

「持っている。鉱山村で行商する時、護身用として買っておいたんだ。中古品を八ルーブルで購入した。そこじゃ皆が持っている。いいものじゃないが使えないことはないだろう」

「弾は何発ある」

「三発ある。最初十発あったが、七発は雉を撃って三発残った」

「拳銃で雉を撃つのか」

「雉が近寄ってきた時に撃ったんだ。すべて一発で命中させた。一匹は食べて、残りは売って飯代にした」

「雉を撃った残りの弾で伊藤を撃つのか」

禹徳淳が声を出さずに笑った。笑いがうっすらと顔中に広がった。

「おかしいが、そういうことだ。狙って撃つという意味では同じじゃないか」

「銃をたくさん撃ってみたのか」

「たくさんは撃っていない。おれは猟師ではないが、伊藤は雉より体格が大きい。難しくはないだろう」

今度は安重根が声を出して笑った。

「そうだろうな。そのとおりだ。おれは伊藤の体格が小さいので難しいと思ったが……」

「それはよくない考えだ」

二人が互いに顔を見合って笑った。だが、笑いはどこかぎこちなく、すぐに表情から消えた。

「弾三発じゃあまりに少ないんじゃないのか。もっと手に入れる方法はないだろうか」

「三発なら多くもないが、少なくもない。ちょうどいい。伊藤は警護員を数名連れてくるだろうから、おそらく三発以上撃つことは不可能だろう。近くに接近できればそれ以上必要はない。警護員がいくら多くても先に撃つ者には勝てない。それが銃というものさ」

銃のことをよく知っているな……と言いたかったのを安重根は我慢した。命中するかもしれないし、命中しないかもしれない。だが、銃は一度撃ったら取り返しがつかない。そんな思いにふけっていた安重根に禹徳淳が聞いた。

「今、何発持っているんだ」

「七発入りの弾倉一つだ。それ以外に数発ある」

「すべては撃てないだろう。弾倉を取り換える時間はないはずだ」

「銃をたくさん撃った人間のようなことを言うな」

「何発か撃ってみればわかるさ」

禹徳淳は話をやめて安重根の描いた地図上のハルビンを指差した。

「大陸の鉄道がすべてハルビンに集まるんだな」

「朝鮮半島の鉄道も鴨緑江を渡ってハルビンにつながっている」

「伊藤は鉄道が好きだそうだから、ハルビン駅の鉄路で撃たれれば本望かもしれないな」

闇の中で二人はまた、声を出さずに笑った。笑いは短かった。

「駅ごとに警備兵が大勢配置されるだろう」

「そもそも逃げる気がないから、それは問題じゃない。ただ撃てさえすればいい。接近できなかったら伊藤の列車を撃つしかない」

なかなかのものだな。だが、逃げる逃げないということより三発でケリをつけられるかどうかのほうが重要だ。照準がぶれてはいけないのだ……という言葉を再び安重根は口に出さず、呑み込んだ。

「金はいくらある」

「全部で五ルーブルだ。滞納している下宿代が七ルーブル。ハルビンに行けば払えなくなるが、大家さんには話していない」

「おれがすぐに旅費をつくる。それをおまえに少しやるから、滞納分を払ったらいい」

「ありがたい。おれには金を工面する方法がない」

「わかってる。旅費はおれに任せろ」

「職もなくさまよっている人間に、どんな手だてがあるって言うんだ」

「それは言う必要がない。聞かないでくれ」


安重根と禹徳淳はその夜、また会った。二人は安重根の部屋で寝た。寝つくまで、二人は闇の中、黙って横になっていた。そのうちに禹徳淳が寝言を言い出した。

大陸の山や川を突っ切って延びていく鉄路が安重根の目の前に広がった。その鉄路の彼方から伊藤がやってくる。その夜、安重根は深い眠りについた。

10

伊藤の乗った馬車の行列は、大連市中心部を通過していた。都督府民政官、満州鉄道総裁、秘書官たちが同乗し、続いて随行員たちの乗った馬車がその後を追った。隊列の先頭を引導しているのは騎馬憲兵隊だった。道の両側の西洋式高層ビルの合間には、中国風やロシア風の建物が並んでいた。

十字路ごとに大きな日章旗が交差掲揚されている。フロックコートや着物を着た日本人たちが街に出て日の丸を振りながら、万歳を叫んだ。伊藤の行列は市内の幹線道路を東西から南北へと通過し、歓迎を受けながら郊外も回った。

昼の時間は公立学校を視察した。校長をはじめ教職員が正門に堵列して伊藤を迎えた。

校長室には軍服を着た明治天皇の御真影が掛かっていた。伊藤は教職員とともに御真影に拝礼した。

説明板の前で学校長が学校の沿革と現況を報告した後、伊藤が教職員に訓示を垂れた。

「本国から遠く離れ、異国人の中で育っているだけに、生徒たちの情緒が退廃と放縦に流れないようしっかりと教育してほしい」

校長は全校生約二百人を運動場に集合させた。伊藤と校長は、日覆いをした号令台に上がり、椅子に座った。一同全員が音楽教師のオルガン伴奏に合わせ、君が代を斉唱した。伊藤も立って一緒に歌った。

君が代は
千代に八千代に
さざれ石のいわおとなりて
苔のむすまで

その後、体育教師の号令のもと、生徒が体操をして見せた。打撃動作を律動的にした空手の徒手体操だった。教師の笛に合わせて、隊列は動いた。

体操が終わると、伊藤が生徒たちに訓示した。

「諸君の姿が端正で節度があり、規則正しいことがわかった。強靱な精神は外見に表れる。身なりを正しくするのだ。今置かれた位置でどう生きるかが人間の根本だ。諸君の居場所は学校であり、家庭であり、村であり、国家だ。諸君は国家に属しており渾然一体だ。これが修身の要諦である」

生徒たちは拍手し、代表で生徒会長が謝辞を述べた。全校生に贈り物として鉛筆とせんべいが、特に成績が優秀な三人には特別賞として英和辞典が配られた。

歓迎の宴は公会堂で開かれた。庭には万国旗が掲げられ、正門に「Welcome」と書かれた看板に電灯がつけられた。中央のテーブルに伊藤が座り、その隣に清国公使とロシア公使、その夫人たちが陣取った。さらに都督府の高等官や大連市の官吏が臨席し、軍服を着た武官の姿も見えていた。ポマードをぬった男たちの髪は黒光りし、女たちの濃い化粧は匂いを漂わせていた。市内の有名どころの料亭から選ばれてきた芸者たちは、テーブルを回りながら客にワインを注いだ。

ロシア公使が伊藤に英語で話しかけた。

「公爵が遠路来てくださり、また臨席をお許しくださり、まことに光栄です」

伊藤が英語で答えた。

「このようにロシアと戦争をした地でロシア公使にお会いして一緒に酒を酌み交わしている。まさにこの味が平和の美味というものでしょう」

大連市長が記念演説を求めると、伊藤は席から立ち上がった。

「暇あって物見旅行に出たが、ロシアと清国の高官諸氏が、このように温かく迎えてくれるのを見て、各国が文明の恩恵の共有を切に望んでいることがわかりました。今、東洋においては古来の歴史が退き、新たな未来が切り開かれている。文明の道では先に進んだ者が善意を持って後れを取る者を開発へと導く責務があります。私はこの責務をまっとうすることで、東洋の平和を成し遂げる所存であります」

日本人官吏たちが演説の合間に拍手をした。すると伊藤は手ぶりで拍手を制止した。ロシアと清の外交官も戸惑いがちに拍手をした。その後、芸妓たちが三味線の伴奏に合わせて踊りを踊った。

伊藤は夜遅くホテルに戻ってきた。大連商工人協会からの建議書がホテルのロビーに届いていた。伊藤はベッドに寝そべり、建議書を読んだ。偉人の訪問に感泣し、偉人の容貌と業績をほめ称える長い文が続いた後に、建議事項が書かれていた。大連の商工人たちは金融機関設立に本国が投資してくれることや大連—仁川、大連—下関航路の運航回数を増やし、運賃を下げること、工産品博覧会に資金支援をすること、居留民の意見を収斂《しゅうれん》する機構を作ることなどを建議していた。

伊藤は秘書官を呼んで建議書を渡した。

「内閣総理官房に移牒《いちょう》するように。ただし、陳情の内容がすべて堅実であり、私の訪問中に受けた請願であるだけに、優先的配慮を望むと伝えるんだ」

戦勝地の白玉山《バイユーシャン》への参拝行事は、必要な人数だけで敬虔に行えと伊藤は指示した。移動の隊列は馬車十台に達した。騎馬憲兵隊がそれを先導した。

伊藤の隊列は旅順に着くと、道を選びながら白玉山に向かった。旅順の都心地を走る中央路には関東都督府や関東軍司令部、関東軍憲兵隊が位置しており、その背後に日本人高位官吏たちの住宅や料亭が立ち並んでいた。

白玉山の麓で伊藤は馬車を降りた。準備してきた輿《こし》をしまわせて、自ら歩いて白玉山の頂上に登り始めた。

白玉山の神社で伊藤は線香をあげ、深々と頭を下げた。漂う線香の煙の中で伊藤は長い間、一人首を垂れていた。神社には旅順戦で死んだ約二万人の日本軍兵士の遺骨が奉安されており、忠魂塔が建てられていた。伊藤は神社に金一封を奉じ、二〇三高地へと向かった。


日清戦争で日本軍は朝鮮半島の西海《ソヘ》で勝ち、成歓で勝ち、平壌で勝ち、鴨緑江で勝った。その時までに伊藤は各高位文官職をあまねく務め、多くの経験を積んでいた。戦争当時は毎日、勝報を伝える軍の士気を落とさないように、戦争の結果に介入してくる西洋各国の圧力に対処していた。勝利を重ねれば重ねるほど、その結果を外交上確かなものにすることが難しくなりそうだったが、明治天皇自身も相次ぐ戦勝に浮かれていた。明治天皇はより戦場に近い広島へ大本営を移すことで、自らも参戦する意気込みを見せていた。

平壌城内で清軍は一万二千の兵と重火器で陣地を構築していた。清の兵士は朝鮮の百姓を略奪、強姦、放火し、田畑を踏みにじった。清の軍隊は辛うじて耐えていたし、日本軍隊は軽やかに攻撃していた。日本軍は夜明けに平壌城壁を乗り越えて攻め入った。平壌は火の海となり、火災が鎮まる頃には廃墟と化していた。百姓は逃げた清軍の隠れ場を日本軍に通告した。平壌で清軍は敗残兵も残らないほど壊滅的な被害を受けた。平壌城の朝鮮官吏は清の側でも、日本の側でも、はたまた百姓の側でもなかった。平壌の官吏たちは平壌城で清軍と日本軍の戦闘が始まる前から、妻子を連れて近隣の山奥に逃げ込み、清軍が敗走した後になって平壌城に戻ってきた。平壌城の役所の庭や通りには死体が散乱していた。その年の秋は暑くて死体が早く腐った。軍服を脱がされた死体はどこの国の軍人かも区別できなかった。腐敗した死体は原形をとどめていなかった。城に戻ってきた官吏は百姓に死体を城の外に運び出させ、役所を水で掃除させた。清軍の主力は鴨緑江を渡って逃げていった。日本の陸軍が平壌で勝利した翌日、日本の海軍が西海で勝利した。海では、平壌戦闘に先立って京畿道南陽湾楓島《ナムヤンマンプンド》の沖で戦いがあった。海戦は遠距離の砲撃戦から始まった。日本海軍の砲撃は正確で、火力が集中していた。清の軍艦は発射するたびに船体が大きく揺れ、照準がそれた。清の軍艦が沈む時、海に落ちた数百人の清軍は泳いで楓島に上がってきた。清兵のほとんどが、四肢がまともではなかった。島までたどり着いたはいいが、干潟に上がって気力が尽き死んでいく負傷兵も多かった。楓島に住んでいる朝鮮人住民が清軍の死体を数百体埋めたというが、その場所は確認されていない。

日本の艦隊と清の艦隊が楓島の沖で近接したとき、南陽湾干潟の岩山の上で朝鮮の遠望兵は一日中沖合を見つめていた。遠望兵は本来干潟でアサリを拾って暮らしていた老人だったが、官に徴発されたのだった。彼の任務は海での特異事項を観察して官に報告することだった。

水平線では何本もの煙が上がり、船が波の合間に見え隠れしていた。風が吹くと、煙は絡み合い、それを遠望兵はぐっと目を見開き見守っていた。

その後、遠望兵は岩山から下りてきて、東軒《トンホン》（郡役所）に駆け込み、庭にうち伏せて告げた。

「水平線で船のような物が見え隠れしていました。黒い煙も上がっていました。船は北に向かい、煙は南に流れていきました」

守令が答えた。

「そうか、わかった。帰るがいい」

守令は遠望兵の報告を監営《カムヨン》に伝えた。すると観察使《クァンチャルサ》から指示が下った。

「年寄りを立てずに、目のいい若者を立てろ。そして引き続き見張ること」

伊藤は朝鮮南陽湾の干潟にいる、この遠望兵の存在を統監赴任後に知った。

「朝鮮には目のいい百姓が多いようだな」

伊藤は、朝鮮のすべての沿岸における遠望兵の運営実態を調査して報告するように指示した。しかし、報告は上がってこなかった。


西海で勝った日本海軍は、清の北洋艦隊の母港である旅順を攻撃した。清軍は旅順港に百五十門の大砲を配置していた。日本の海軍は遠距離砲撃をし、砲撃が終わるや陸戦隊が上陸した。旅順は簡単に落ちた。清軍が敗退するや、日本軍は旅順全域で虐殺を行った。老人、妊婦、子ども、障害者はもちろん、犬、猫、馬、ロバのすべてを殺した。捕虜を生かさず、投降する者まで殺した。この虐殺の戦術的目標は敗残兵の掃討だった。日本軍は市街地に死体で防壁を築き、その後ろに機関銃座を設置した。

市街地の掃討戦が終わり、日本軍は戦勝の祝宴を開いた。祝宴は清軍の司令部と隷下部隊の練兵場で開かれた。一同が戦死者のために黙禱をし、師団長が兵士の労苦を称えた。君が代を歌い、天皇陛下万歳を三唱した。兵士には酒とスルメが支給された。酒に酔った兵士たちが師団長、連隊長、大隊長を順番に胴上げした。指揮官たちは空中に舞い上がりながら「万歳!」を叫んだ。さらに兵士たちは指揮官を肩車して、死体が積まれた市街地を回り、万歳、万歳を叫び続けた。

戦争の結果が圧勝であればあるほど、第三国の介入は遮断しやすく、新しい版図を既存の秩序として定立させやすいことを、伊藤は日清戦争後に西洋各国との外交紛争を経験する過程で知った。それは数十万の命の犠牲を代価として得た、血の教訓だった。

九年後、内閣首脳部とともに日露戦争を計画する際に、伊藤は戦争の結果が圧倒的で不可逆的なものになるように企てた。開戦最大の名分は「朝鮮独立を保護する」ということに決まり、それを世界に公布することにした。

伊藤は夜明けに皇居に入って明治天皇に謁見し、開戦を奏請した。明治天皇はあれこれ聞くことなく、その場で開戦を裁可した。万世一系の尊厳の核心部はいつもがらんとして静かだが、ためらいなく作動した。皇居の森では木の葉が舞い落ちる音も、雪が降り積もる音も聞こえた。

東郷平八郎が指揮する日本艦隊の十五隻は佐世保港から発進して旅順に向かった。戦闘開始の直前に東郷は各艦船に知らせた。

「皇国の興廃この一戦に在り、各員一層奮励努力せよ」

日本の海軍は奮闘した。旅順港内に停泊していたロシア艦隊は港湾外に出られず閉じ込められた。日本海軍は対馬の沖で勝利を収め、旅順で勝った。陸軍は満州へ進出した。

二〇三高地からは旅順の市街地が見えた。市街地はよく区画されており、道路がまっすぐ延びていた。赤い煉瓦造りの日本官庁の建物が市街地の要衝地を占めていた。港のカモメが都心まで飛んできた。カモメは低く飛び、旅順の街は平和に見えた。

二〇三高地で伊藤は随行員と何も話さず、記念撮影もしなかった。戦勝地の訪問はまだ公表するに尚早だと伊藤は判断した。白玉山神社の納骨堂に安置された日本軍戦死者の遺骨が二万、三万に達するというが、土になり、灰となったため、実際の死者数はわからない。また混然一体になって一つの塊として存在していたため、個別に死者を思い浮かべることはできなかった。随行してきた憲兵大将が詩を作って伊藤に捧げた。

骨は粉々に砕けて土に戻り
魂は星になって蒼空で輝く

詩想に緊張感があり、対句を合わせる能力に秀でていた。伊藤は憲兵大将をほめ称えた。
「武人の詩は美しい。悲しくて凜々《りり》しい。筆字で書いて掛け軸を作りなさい」
伊藤にも詩想が浮かんだ。

久しく聞く　二百三高地、
一万八千　骨を埋めし山。
今日　登臨すれば　無限の感、
空しく　嶺上を看れば　白雲還る。

久聞二百三高地、
一万八千埋骨山。

今日登臨無限感、
空看嶺上白雲還。

血で海と土を濡らした結果、大連と旅順は帝国の手に入り、満州に行く玄関口となった。鉄道は旅順からハルビンに行き、ハルビンから全世界に延びていった。

伊藤は夕時になってホテルに帰ってきた。

まず、枢密院議長の秘書官が入ってきて、残りの日程を報告した。伊藤は疲れもあり、ハルビンでの事がより重要なため、残りの日程を縮小し、休息の時間を増やすように指示した。

次に宮内省秘書官が入ってきて、ロシアの財務長官のココフツォフが予定した日程通り、ハルビンに向かっており、ハルビンでの会談が有益なものになることを期待しているという電文を送ってきたと報告した。

さらに都督府の高等官が入ってきて、統監府から送られてきた以下のような朝鮮の情勢を報告した。

羅州《ナジュ》、光州《クァンジュ》、抱川、黄澗《ファンガン》、淳昌《スンチャン》、安岳《アンアク》で朝鮮の暴徒が皇軍の部隊を攻撃した。慶南《キョンナム》の統営《トンヨン》で暴徒が港に停泊した軍需補給船を攻撃して放火した。騒擾事態が南海岸の島々にまで及び、皇軍は警備船十六隻を島嶼《とうしょ》地域に配置した。

陸戦で敗退した暴徒が小規模な部隊に分散して智異山《チリサン》に潜入した。皇軍は智異山の外郭を封鎖した。

朝鮮暴徒の首魁二十名を京城監獄で処刑した……。
その日伊藤はウイスキーを二杯飲んで眠りについた。

11

ハルビンに向かう列車は十月二十一日朝八時五十分にウラジオストク駅を出発した。そのとき、ウラジオストクの駅前広場は海から押し寄せてくる霧に包まれていた。その広場を横切って安重根と禹徳淳は駅舎に向かった。安重根は、小さな手カバンを一つ持ち、禹徳淳は荷物がなかった。両手をコートのポケットに突っ込んでいる禹徳淳を見て安重根は聞いた。

「おまえ、荷物はないのか?」

「内ポケットに入っている」

安重根は話を変えた。

「なんて霧だ」

「ここの冬は、鼻の穴で霧が凍るんだ」

安重根は切符売り場で三等席切符を二枚買った。釣り銭を数える安重根に禹徳淳が言った。

「旅費の工面が　うまくいったようだな」

「借りたのさ。余裕はないが、足りないことはないだろう」

借りたと言っても、どうせ返しようがないのだから、旅費のことは気にするなと言った安重根の言葉が思い浮かび、禹徳淳はそれ以上聞かなかった。禹徳淳の滞納した下宿代のこともう返しようがないことを知っていたので、ふたりともあえて口にしなかった。

ウラジオストクを出発する前日、安重根は李錫山《イソクサン》を拳銃で脅して百ルーブル奪った。李錫山は昔ウラジオストクに移住してきた韓人の子孫で、財力があり、極東の韓人社会でも人望が高かった。人望だけで寄付を集めることができる人物だった。李錫山はロシアの闇市場で武器を購入しては義兵部隊に送っていた。その李錫山を安重根は真昼間に訪ねていった。

「早急に金が必要だ。百ルーブル貸してくれ」

「何に使うんだ？」

「それは言えない。ただ私用の金ではない」

「用途を言わなければやれない」

「用途は後になれば自ずとわかる」

「おまえが金を返してくれるなどとは期待していない。使い道がまっとうならくれてやる。用途を言うんだ」

安重根は懐から拳銃を取り出し、李錫山に狙いをつけた。李錫山は抵抗しなかった。机の引き出しから金を取り出した。紙幣と硬貨が混じっていた。

「感謝する。このことを口外したら、戻ってきておまえを殺す」

安重根は無理やり「借りた」ものだと自分では思っていたが、返しようのない金だった。李錫山も日本の官憲に追われる身であるだけに、通報はできないはずだった。実際に通報はしなかったし、安重根も旅費をどうやって得たのかを禹徳淳に言わなかった。

安重根と禹徳淳は三等席に並んで座った。乗客にはロシア人、中国人、日本人、韓人が混在していた。みんな厚めの中国服を着ているので、どこの国の人間か見分けるのが難しかった。列車は予定した時間に出発し、北に向かった。ハルビンまで四十時間ぐらいかかるが、切符には二十二日夜九時に到着すると書いてあった。

トンネルと鉄橋をガタゴトと音を立てながら通り過ぎていく。雪の積もった山が近づき、黒い山が遠ざかっていく。

列車は川に沿って走り、山を貫いて進む。車窓の外の、長い曲線を描く線路を安重根は眺めた。陽光を跳ね返すレールは鉄の金属臭を漂わせてくるかのようだった。大陸の果てまで延びるこの鉄道をめぐって、世界は争い、衝突している。

禹徳淳は安重根の肩に頭をもたれて眠っていた。夢を見ているのが、ときどき何かぶつぶつとしゃべっている。安重根は伊藤を撃ちに行くという言葉に即座に応じてくれた禹徳淳を旧知の友のように感じていたし、何も問い返さない禹徳淳を信頼もしていた。安重根は列車内の行商からゆで卵を買った。安重根が肘でつついて起こすと、禹徳淳はあくびをしてよだれを手の甲で拭った。安重根はゆで卵を差し出して言った。

「塩をつけて食えよ」

禹徳淳は卵一つを一口で頬張り、嚙み始めた。

安重根は禹徳淳の個人史についてはよく知らなかった。卵を呑み込む禹徳淳を見てふと彼の生涯について知りたくなった。

「極東にはいつ来たんだ？」

「四年経つ。食べるものに事欠いて金を借りに来たんだ。ウラジではたばこ売りもしたし、炭鉱で雑用もした」

「少しは稼いだのか」

「いくらも稼げなかった。家に五十ウォン持って行って渡したのがすべてさ」

「朝鮮に家族はいるのか」

「おれはソウル東大門の門外で暮らしていた。三年前に結婚して去年娘が生まれた。妻はソウルにいるが、二歳の娘はこの春、死んだと聞いている」

安重根は聞かなければよかったと悔いた。禹徳淳は卵をさらに一つ頬張った。安重根は水筒を差し出した。

「水を飲め」

禹徳淳が言った。

「自分のことも話してみろ」

「おれも朝鮮に妻と三人の子どもがいる。娘一人に息子二人だ。末っ子はおれが家を出てから生まれたが、あとになって息子だと聞いた。上の子どもたちがまだ幼い頃に家を出たので、顔はわからない」

対話が途切れた。禹徳淳は窓の外に視線を向けた。日が傾き、遠い山の稜線が暗闇のなかでぼやけ始めていた。

安重根は妻子がどの辺まで来ているかと考えた。綏芬河《スイフェンホー》で清国税関の書記として働く鄭大鎬《チョンデホ》が休暇で朝鮮に行くという話を聞いて、鎮南浦の金亜麗に連絡をとりハルビンに一緒に連れて来てほしいと頼んでいたのだ。鄭大鎬からはその後知らせがなかった。伊藤を撃ったら、たとえ伊藤を殺せなかったとしても妻や子どもたちが朝鮮で暮らせなくなるのは確実だった。もちろん伊藤を撃ったらハルビンでも暮らしづらいのは確かだが、朝鮮にそのまま置いておくわけにはいかなかった。あまりにも長い間、子どもと若い妻を実家に放置していた。門中の長老たちはずっと金亜麗が一人でいるのを哀れに思っていた。だから金亜麗が夫のところに行くと言えば、引き留めるどころか、逆に旅費ぐらい工面してくれるはずだった。金亜麗が子どもたちを連れて来るとすると、おそらく平壌で列車に乗り、新義州で鴨緑江を渡り、奉天、長春を経由してハルビンに来ることになる。一方伊藤は大連からハルビンに向かっている。

列車は闇の中を走っていた。水滴がついた車窓越しに、遠く原野の地平線上をいくつかの灯りが現れては消えていくのが見える。伊藤を撃つことについては安重根も禹徳淳も何も話さなかった。安重根は列車のリズムに身を任せ、目をつぶっていた。何本かの線路が網膜に浮かび上がる。拳銃は外套の左側内ポケットにある。安重根は心臓を圧迫する拳銃の重みを感じていた。ずっしりはしていても重すぎるほどではなかった。

ハルビン駅にはいくつかの路線が集まっていた。バイカル湖やウラジオストク、平壌、大連から来る鉄道それぞれが、ここハルビン駅にまで延びている。ハルビンで北太平洋とバイカル湖がつながり、ハルビンで鉄道が集結し分散していた。ハルビン駅では往きも帰りも一つであり、出会いも離別も一つだった。

列車は夜九時十五分にハルビン駅に到着した。線路前方の列車停止線で赤信号と青信号が明滅している。みすぼらしい格好をした男たちが荷を担いで列車を降りる。出迎えに来た人たちと抱きあう。泣いている者もいる。「アイゴー」と泣いているのは朝鮮の女だろう。

プラットホームを離れながら安重根は何本もの線路をながめた。伊藤がハルビンまで乗ってくる鉄道と、金亜麗と子どもたちが乗ってくる鉄道が一つになっている。どちらが先に着くのか、安重根にはわからなかった。

「ハルビンの線路は大したもんだ」

後ろについて来る禹徳淳がひとりごとのようにつぶやいた。

安重根はハルビン韓人会会長である金成白《キムソンベク》の家に泊まった。金成白は咸鏡北道鍾城《チョンソン》生まれで三歳の時おんぶされて沿海州に来たのち、ハルビンで育った。建設請負業で金を稼ぎ、ハルビンの韓人社会では裕福なほうだった。自分名義の二階建て木造家屋に住んでいた。

日本総領事館はハルビンに居住している朝鮮人たちの動態をつねに把握していた。人口は二百六十名程度だが、その大多数が、たばこ巻き、日雇い労働、洗濯業、薪売り、石工をする者たちで、収入は月に十五ルーブルから二十五ルーブル程度だ。食費と家賃だけで一杯いっぱいの生活だと本国には報告されていた。そして彼らのうち二十名ほどが反日思想を持ち、金成白はその中心人物であるとも伝えていた。

ハルビンの朝鮮人たちは同じ村で塀を連ねて暮らしていた。金成白は死んでも葬儀を出してもらえなかった朝鮮人たちの遺体を改葬してやったり、ぞんざいな埋め方をされて犬に荒らされてしまった墓を、土を被せて修復したりしていた。

ハルビンで安重根は各種新聞を買って読んだ。新聞記事は伊藤がハルビンに到着する日と時間を、徐々に具体的に報道するようにはなっていたが、まだ明確にはなっていなかった。おそらく二十五日か二十六日頃になりそうだった。

伊藤を待つ間に、安重根は禹徳淳を連れてハルビン市内を見て回った。ハルビンはあまりに広すぎてとても馴染めそうもない都市だった。制服を着たロシア警察が町中を巡察していた。安重根は間違っても職務質問されないように、周囲を窺いつつ注意して歩いた。

市内中心街にロシア正教会の教会堂の塔が高くそびえ立っている。正装したロシア貴婦人たちがのっぽの男たちのエスコートを受けながら馬車に乗り、中国の老人たちが寒い街中で炭火の入ったバケツをそばに、麻雀をしている。夕飯を作る女たちは野菜や魚、豆腐の入った買い物袋を提げて家に戻っていく。飲み屋が夜の商売の準備にと魚を焼き、その魚を焼く煙が店外にまで流れ出ている。勤め先から退勤する若者が通りに出てくると、たばこ売りたちもどこからともなく集まってきた。

荷馬車の馬方が仕事をあてがわれるのを待ちながら道端で酒を飲み、馬車に荷物を積んだ馬方がムチを振り回して暗闇の通りを駆け抜けていく。

「新天地」という料亭で京都出身の美女五人を厳選して連れてきたという貼り紙が、新たに輸入した梅毒特効薬や仁丹の広告とともに街路樹に貼り出されている。通りでは体が大きくて毛の長いロシア犬がしゃがみ込んだまま道行く人間たちを見上げ、カラスは日暮れの林へと舞い戻っていく。

安重根は初めて世界を見るかのような驚きの目で、暮れゆくハルビン通りを隅から隅まで眺めていた。すべてが写真のごとく安重根の網膜に刻まれた。度重なる戦争によってハルビンを取り巻く覇権の主人は入れ替わっても、ハルビンの夕方は平穏に見えた。禹徳淳はただ黙って安重根の後ろについていった。


昼、繁華街で羊の串焼きを食べてから安重根が言った。

「服を買いに行こう」

「服?」

「今着ている服はみすぼらしい」

「金もないくせに」

「おまえは金の心配をしなくてもいい」

「何で急に服なんだ?」

「撃ちに行くときに着るのさ」

禹徳淳が笑う。禹徳淳が笑うのを見て安重根も笑った。安重根は上衣とシャツを買った。上衣は腰まであるダブルの半コートで、シャツは白いものだった。合わせて着ると首回りにシャツの襟が見えた。禹徳淳のは、膝まである長い服だった。安重根は洋服屋の鏡の前で新しく買った服に腕を通しながら、一方で禹徳淳の着こなしを見てやった。洋服代は全部で二十ルーブルだった。

禹徳淳は金を払う安重根を落ち着かない表情で眺めていた。

安重根は次に禹徳淳を理髪店に連れて行った。

「髪も刈ろう。捕まる時にきちんとしていたほうがいいだろう。新しい服も着たことだし」

「それもそうだ」

理髪台の前の鏡にはハルビンの通りが映って見えた。鏡の中で馬車が通り過ぎ、ロシア人、清国人が往来する。鏡の中で安重根と禹徳淳が顔を見合わせて笑う。理髪師が椅子を後ろに倒し、熱い手ぬぐいを安重根の顔に被せた。安重根は温かい湿り気を吸い込んだ。禹徳淳は理髪師に髪を任せたまま目をつぶる。耳元ではサッサッという、理髪師のハサミの音がする。理髪師は髪の毛を下から上へと切りそろえていった。髪の毛が切り落とされるたびに、首元がすっきりとし、顔立ちが鮮明になっていく。安重根は鏡の中の自分の顔を覗き込んだ。ああ、これがおれなのか……この姿で今まで生きてきたおれが伊藤を撃つのか……。

髪を切ると、安重根は禹徳淳を連れて写真館に向かった。

「写真を撮るんだ」

「金がないだろうに……」

「何とかなる」

「今撮っても写真ができないじゃないか?」

「無理さ。でも撮っておけば残る。新しい服を着て撮るんだ」

「今日はぜいたくな日だな」

二人は写真館の椅子に座った。写真屋がカメラの後ろからロシア語で何か叫んでシャッターを押した。新しい服を着た二人の全身と理髪をした顔立ちが写真に写る。ロシア人の写真屋は指を五本開いて見せ、五日後に来て持っていけと言う。五日後には来られないことを知りつつ、安重根はうなずいた。

金成白の家に戻った安重根は財布に残った金を数えてみた。李錫山から奪った百ルーブルから汽車賃に四十ルーブル、食事代、洋服代、写真代に三十ルーブル使った。二十六日にハルビンでの事が終わるなら、何とか足りそうだ。安重根は早めに寝た。

12

伊藤の乗った特別列車は二十二日朝七時に旅順を出発し、夕方六時に奉天に到着した。列車の中で伊藤は宮内省秘書官を呼んで残りの日程について指示をした。

「満州は清と戦い、ロシアと戦って、帝国の優位を確保した地域だ。これは皇軍数万名の血と白骨で成し遂げた戦果だ。だが、この地域では帝国の地位がまだまだ安定していない。残った日程の行事に、この地域の清の官吏やロシアの官吏、軍の将軍たちが大勢参加するように誘導しろ。彼らが本当に帝国の支配に服従しているところを見せつけるのだ。それこそが平和の本質であり、平和の姿だ。私の演説なんぞより彼らの参加が必要なのだ。彼らが参加して喜ぶ姿を内外に積極的に示さなければならない」

宮内省秘書官は伊藤の指示をメモし、引き下がった。秘書官たちは協議して地域の居留民たちや日本の商工人たちによる歓迎の宴を減らし、清、ロシアの人士たちを招待する行事の規模を拡大することにした。

奉天駅のプラットホームで清軍の儀仗隊が伊藤を迎えた。伊藤は儀仗隊長と握手し、その肩を叩く。奉天に駐在する日本総領事、警察署長、清政府の迎接官吏たちが奉天の一つ前の遼陽駅まで前もって来て伊藤を出迎えていた。出迎えの官吏たちは伊藤の特別列車に一緒に乗り込んで奉天に至り、ホテルでは、伊藤の部屋の両隣に宿泊した。清の憲兵隊は伊藤の泊まるホテルを一晩中警備していた。奉天に到着した日、伊藤は人との接見を減らし、早めに床についた。

夕方宮内庁の秘書官が入ってきて残りの日程を報告した。

——二十三日、夕方六時総領事主催の歓迎晩餐会、その後奉天で宿泊
——二十四日、炭鉱、工業施設の視察、清の故宮と陵墓の視察、その後奉天で宿泊
——二十五日、午前十一時に奉天を出発、午後七時に長春を経由
——二十六日、朝九時ハルビンに到着

奉天市内の日本人学校や清の学校、日清両国の官公署と商館、公会堂には日本の国旗が掲げられ、十字路ごとに万国旗が翻った。

伊藤の乗った馬車の隊列は奉天の中心を通り、撫順の炭鉱へと向かった。清の憲兵隊が隊列を先導した。伊藤は馬車から駕籠《かご》に乗り換えて坑道の入り口へと登っていく。駕籠の椅子に座った伊藤は、空の果てまで広がる満州の山並みを眺めた。山脈は波打ちながら、遠くに見えたり、近くに見えたりした。日の沈む彼方は明るく見え、近くは暗く見える。満州の山河の雄大さには計

り知れないものがあった。地理に詳しい総領事と官吏が遠くを指さしながら過去の戦争の戦況を説明する。伊藤はうなずきながら聞いていた。

炭鉱から降りてきた伊藤は、清開国初期の皇帝の陵墓を視察した。清の官吏たちが伊藤に随行した。石造物はところどころ壊れていたが、陵墓は昔の栄光と威厳をそのまま保っていた。あまりに大きくて、その周りを一目に収めることができなかった。伊藤は少し墓域を歩いてから椅子に座った。風が落ち葉を飛ばす。埋もれた昔の清皇帝の治世を清の官吏が中国語で説明し、それを通訳が日本語に訳した。説明が終わっても伊藤は座ったまま長い時間陵墓を眺めていた。日は沈み、風が強まってきた。伊藤が冷酒を一杯飲み、随行員たちにも勧めた。そしてひとり言のようにつぶやいた。

「いい墓だ。実にいい墓だ。清が大国なのがわかった」

通訳が伊藤の言葉を清の官吏たちに訳す。清の官吏たちは答えなかった。伊藤は夕方八時頃ホテルに戻った。

二十五日の日程は予定通り終わった。伊藤の特別列車は奉天を離れ、ハルビンへと向かう。

鄭大鎬は十月十七日平壌に着いた。鄭大鎬は安重根より五歳下だったが、若くして結婚をし、早くに税務署書記の職を得てから、平壌税関を経て今は満州吉林省綏芬河税関で主査として勤務していた。月給は百ルーブルで、韓人社会では高所得のほうだった。鄭大鎬は三週間休暇をもらって平壌に来ていた。

鄭大鎬はこの機会に平壌に住んでいる妻子と老母を吉林省の綏芬河に連れて行くつもりだった。

連れて行く家族は全部で四人だった。それに加えて、鎮南浦に暮らしている安重根の妻金亜麗と八歳の娘賢生《ヒョンセン》、五歳の息子芬道と三歳の俊生《チュンセン》をハルビンに連れてきてくれという安重根の頼みを受けていた。

鄭大鎬は平壌に到着した日の夕方、家に荷物を置くなり妓生遊びに出た。久しぶりの帰郷に心が癒され、気持ちが和んだ。鄭大鎬は平壌税関の書記をしていた頃に知り合った商人協会や組合の職員、弁護士、地方税務官吏たちと一緒に、妓生春道《チュンド》の店で遊び、英月《ヨンウォル》の店に、はしごした。夜遅くまで飲み、夜が明けるまで遊んだ。その後も毎日平壌市内を見物しては、夜遅くまで演劇を観、女優金花《クムファ》や男優たちを引き連れて旅館で遊んだ。

鄭大鎬は平壌の友人たちに、満州の吹雪や盗賊、アヘン、爆音について話し、満州の女や料亭、人々の暮らしぶりについて語った。満州に戻る日の前日には、平壌の友人たちを妓生英月の店に呼び集め、送別会を催した。

金亜麗はハルビンに行くことに迷いがなかった。そこに夫がいるということだけが、ハルビンについて金亜麗の知っていることのすべてだった。彼女にとってハルビンに行くことは自分がこの世に生まれてきたことと同じくらい、確かなことだった。

安氏門中の長老たちや義理の弟たちも、ハルビンに行くか、それとも夫の実家で静かに暮らすかを彼女に確認するようなことはしなかった。金亜麗が感じたのは、義理の弟たちが兄嫁の気持ちを深く思いやってくれていたということだった。金亜麗は義理の弟安定根にハルビン行きを告げたが、それをどのように切り出したかは記憶になかった。安定根はただ黙ってうなずくだけだった。安定根は門中から集めた百ウォンを金亜麗に渡しながら言った。

「後でもう少し送ります」

ハルビンで幼子三人を女手ひとつで育てるのは、大変に違いないと安氏の人たちは心配した。ハルビンは人も社会も荒々しいと聞いているだけに、女の子を連れて行って育てるのは、特に不安だった。長女賢生をソウル明洞大聖堂のカトリック教修道院に預けないかという話は、安氏門中の中から自然に出てきたし、金亜麗もそれを自然に受け入れた。安賢生は地団駄を踏み、泣きじゃくりながら反対した。


金亜麗はソウル明洞大聖堂や修道院について何も知らなかった。実際は修道院ではなく、修道院付属の孤児院であり、孤児たちを集めて外国に送り出すという噂すらあった。

「母さんはおまえの弟たちを連れてお父さんのところに行く。おまえはソウルに行って修道女さんたちと一緒に暮らしなさい。落ち着いたらおまえを連れに来るから。そんなに先の話じゃない」

と、金亜麗は娘に言った。安定根は泣きおさまらない安賢生をソウル明洞大聖堂の修道院に連れて行った。

「教会の保護下にいるので、あまり心配しなくていいです。行ってみたら立派な教会で食べるものもいいし、修道女のみなさんもやさしかったです」

と安定根は言った。安定根の話を聞く金亜麗の表情は、すべてを吹っ切ったかのように落ち着いて見えた。金亜麗が言った。

「ご苦労様でした。神様の恩寵です」

だが、安定根が帰ると、金亜麗は自分の膝に顔をうずめて泣いた。

安定根は十月二十二日午後四時頃、兄嫁の金亜麗と幼い甥っ子二人を連れて平壌の広場に行った。鄭大鎬が先に来て待っていた。鄭大鎬は自分の家族を四人連れて来ていた。

安定根は黒い外套に山高帽を被っていた。年は二十五歳だったが、それより長く生きてきた人間のような重みがあった。鄭大鎬は安氏門中の男たちから受ける印象が皆同じだと思った。彼らは世の中と遮断されつつも世の中にぶつかって生きていた。強固な壁を一つずつ胸の中に築いて生きているように思えた。

安定根は安重根の妻子を鄭大鎬に預けて帰った。鄭大鎬は一行を九人と計算していたが、安重根の長女が抜けたので八人になった。新義州に向かう最終列車が出たため、二十二日の夜は平壌駅前の旅館に泊まった。今から金亜麗は鄭大鎬の実の姉であり、金亜麗の二人の息子は鄭大鎬の甥っ子だった。旅の間はすべての文書にそう書くように鄭大鎬は金亜麗に言った。同じ血族なら清の税関の厳しい検査も避けられるというのが、清の税関書記である鄭大鎬の説明だった。一行は二十三日朝平壌を出発して鴨緑江を渡り、その日は鴨緑江河口の丹東《タントン》にある日本人の営む旅館に泊まった。金亜麗は宿帳に鄭大鎬との関係を姉と書いた。その後、草河口《ツァオホーコウ》と奉天、そして長春でそれぞれ一泊した。ハルビンに向かう列車が長春を出発したのは、二十七日だった。

13

安重根は禹徳淳を連れて再びハルビン駅に行った。機関銃を手にしたロシアの軍人たちが駅前広場を巡察していた。安重根は駅舎待合室の喫茶店に入って、窓側の席についた。喫茶店は二階だった。窓からはプラットホームとその先の鉄道の複線区間を眼下に見下ろせた。

伊藤が列車を降りて喫茶店の下を通り過ぎるとしたら、伊藤を見物するには都合が良いかもしれないが、撃つには良いとは言えなかった。標的が遠ざかれば、それだけ実弾の殺傷力が弱まる。M１９００拳銃は反動が弱くて一度に数発撃っても照準は維持できる。しかし、有効射程距離が短いので殺傷力が問題だった。しっかり近づかなければ急所を撃てない。だが、近づけば危険が増す。列車がプラットホームのどの地点に停車するのか、列車が到着したとき、ロシアや清の警備隊はどんな布陣を敷くのか、予測することもできなかった。

純宗を伴って満月台を視察したときの伊藤の写真が思い浮かんだ。伊藤は体つきが小さいので、列車を降りた後、体の大きいロシア人たちの陰に隠れたら、照準を合わせるのが難しくなるだろう。また、列車が入ってくる前に警備隊が人たちを喫茶店から追い払うかもしれない。

「ここはダメだ。ハルビン駅で撃つならプラットホームの中に入っていく必要がある。十歩以内に近づいていって警備兵の間でも照準を合わせられる場所を確保しなきゃならない。容易《たやす》いことじゃない」

安重根の話を聞いた禹徳淳は窓から鉄道を眺めながら、立て続けにたばこを吸った。禹徳淳は額にしわを寄せて言った。

「この場所はよくない。見物する場所だ。撃つ場所じゃない」

「標的がどこに現れるのか、はっきりわからない。しっかりと近づかなければならない」

「そうだな。到着時間すらはっきりしていない」

安重根はしばらく考えてから言った。

「蔡家溝《ツァイジャーゴウ》駅に行こう。そこで鉄道が交差する。列車がそこで長時間停車するから、伊藤が列車から降りるかもしれない」

「おまえ、行ってみたことがあるのか」

「ない。だから行ってみようというんだ。ここから遠くないし」

「旅費はあるのか」

「なんとかなる。撃った後は、旅費なんぞ必要ない」

蔡家溝は小さくてみすぼらしい駅だった。駅舎の周辺は耕作地もなく草原のみで、ロシア鉄道の警備兵たちの兵舎が駅前広場に陣取っていた。

安重根は村に入っていって宿を取り、再び蔡家溝駅に戻って列車の時間を確認した。駅舎の待合室には運行時間表が貼られていた。蔡家溝で列車同士がすれ違うには、両方の列車が待機しなければならない。蔡家溝駅の駅長はロシア軍憲兵の中佐だが、鉄道警備隊長を兼ねている。駅長はこの閑散とした駅に最高級の客車六両を連ねた伊藤の特別列車が立ち寄る事態に興奮していた。伊藤を出迎えるために、すでにハルビンの川上総領事が日本の官吏や騎兵六人を連れて蔡家溝を経由して長春に向かったことや、伊藤の特別列車が二十六日朝六時に蔡家溝駅にしばらく留まってから、九時にはハルビン駅に到着するということを駅長は自慢げに話した。

「特別列車が六時に来るとなると、駅長は夜も寝られないじゃないか」

「そうだ。警備兵も一晩中、配置されるんだ」

禹徳淳は駅長にたわいもないことを話しかけ、「六時到着」を再確認した。蔡家溝駅の駅長は特別列車迎接団の発着時間と移動計画を知っていたのだ。実務的な情報であるだけに彼の情報は信じるに足りた。

安重根はロシア語が全くわからず、禹徳淳は何とか聞き取れる程度だった。

旅館に帰ってくると、禹徳淳は駅長から聞いた情報を安重根に話した。二十六日朝六時の蔡家溝駅のプラットホームが安重根の頭の中に描かれる。

……長時間の列車の旅に疲れた伊藤が朝六時に蔡家溝駅に降りてプラットホームを散歩するかもしれない。だが、伊藤が散歩をするときには、秘書官と警備兵、ロシアの迎接人たちがついてくるだろう。また、朝の暗闇の中で伊藤を識別し、照準射撃することは難しい。

列車が停車しても伊藤が散歩に出てこない可能性もある。また列車が蔡家溝駅で停車しないまま通過してしまうことだってありうる。

安重根は頭の中に描かれた構図と状況を禹徳淳に説明した。

「そうだな。難しいな。蔡家溝では逃すかもしれない」

安重根が言った。

「ここで別れよう。おまえは蔡家溝で待つんだ。おれはハルビンを引き受ける」

「いい考えだ。おれもそう言おうと思っていたところだ」

「蔡家溝は重要だ。おまえが蔡家溝で撃って殺せなかったら、おれも機会を失ってしまう」

「おれに機会が来ることを祈っている」

……あとは神にかかっている。おれも機会が来ることを祈っている……とは、安重根は言わなかった。

安重根はカバンから開城満月台の廃墟で撮った伊藤と純宗の写真を取り出し、禹徳淳に見せた。

「見ろ。これが伊藤だ」

禹徳淳が眉をひそめて写真を覗き込む。

「顔がよく見えないな」

「伊藤は体が小さい。背の高い人間たちの間に入ったら見分けはつきやすい。その代わり命中させるのは難しい。よく見ておけ」

「現場で顔を見分けるのは難しそうだな」

「顔はおれも見ていない。新聞に出た写真しかないからな。髭もそのままなのかどうかわからない」

「感じでわかるだろう」

「銃は感じで撃つものじゃない。標的を定めて照準を照準線の上に乗せて撃たなきゃならない」

安重根がカバンの中を探して銃弾四発を取り出して言った。

「銃弾は十分か」

「十分だ。三、四発以上は撃てないはずだから」

「でも、余分を何発か持っていたほうがいい」

「おまえは余裕があるのか」

「おれは弾倉一つで十分だ。四発おまえにやる」

「なら、気持ちとして受け取っておく」

安重根は禹徳淳に銃弾四発を渡した。それを手の平で受け取った禹徳淳は、内ポケットにしまい込んだ。

二人はしばらく言葉がなかった。間をおいて安重根が口を開いた。

「おれは明日列車でハルビンに戻る。おまえは蔡家溝にもう一日残っていろ」

「うん、明日別れたら最後だな」

「そうだろうな。もう遅い、寝よう」

禹徳淳が布団を敷いた。二人は並んで横になった。安重根が暗闇で言った。

「おまえ、いくら持っている」

「五ルーブルある」

安重根が体を起こして座り、財布を手にした。安重根は一ルーブル紙幣四枚を禹徳淳に渡した。

「四ルーブルだ。飯代にしろ」

禹徳淳は寝床で寝返りを打った。遠くで犬が群れで吠えている。

禹徳淳が言った。

「最後に聞きたいことがある」

「何だ」

「おまえの妻や子どもがハルビンに向かっているって、本当か」

「数日前に平壌を出発したという知らせが来た。今頃長春あたりだろう」

「嫁さんが子ども三人連れてくるのか」

「二人だ。長女は修道院に預けたそうだ。おれが伊藤を撃ったら妻や子どもたちは朝鮮の地で暮らせない。だから呼んだんだ」

「いつそんなことを考えたんだ」

「はっきりはわからん。伊藤を殺さなければならないという考えがいつ固まったかわからないが、たぶんその頃からだ。ずいぶん経ったような気がする」

「おまえが伊藤を撃ったら、ハルビンで暮らすのも大変じゃないのか」

「そうだろう。だが、朝鮮に置いとくわけにはいかない。妻や子どもは、与えられた境遇で暮らすしかない。大変だが、生きてゆけるはずだ。おまえ、それがそんなに気になるのか」

「家族の話を出してすまん。そろそろ寝るか」

暗闇の中、安重根の耳には連発で撃つ銃声が聞こえ、サイレンの音が遠く鳴り響いていくようだった。

翌二十五日夜八時に安重根はハルビンに到着した。

14

二十五日夜、安重根は金成白の家に泊まった。金成白には朝鮮から来る妻子を連れに蔡家溝に行ったが、約束が違って会えなかったと言った。金成白の家にはいつも朝鮮人の食客が三、四名泊まっていたが、安重根には一人部屋が与えられた。家はハルビン駅の近くだった。伊藤の特別列車は二十六日朝九時にハルビン駅に到着する予定だ。安重根は、翌朝蔡家溝で禹徳淳のことがどうなるかについて考えなかった。いや、考えることができなかった。

遅くまで安重根は拳銃の手入れをした。弾倉を外した拳銃を右手に握り、人差し指の第二関節を引金にかけてみる。九十度の角度で、まっすぐ後ろに引く。撃鉄が撃針を叩き、撃針が銃弾の雷管部分を叩く。引金を引くたびにカラの拳銃はカチャリと音を響かせる。銃の機械装置は正常に作動していた。

さらに銃を握った右腕を前に伸ばす。まだ現れない標的に向かって照準を合わせる。目、照門、照星とつながる一直線上で視線が震えている。

いつものことだが、銃口を固定させるのは不可能だ。銃を握った者が生きている人間である以上、銃口はいつも揺れる。照門越しに標的は確実に存在しているのだが、標的に視力を集中すればするほど標的はかすんで見える。標的にまで達しない視線は照門を越えたところで霧に包まれてしまうのだ。見える照準線と見えない標的の間で銃口はいつも揺れ動き、右手の人差し指の第二関節は引金にかかったまま動こうとしない。

ようやく引金が引かれ、実弾が銃口を離れる瞬間、照準線は消え去り、銃の反動が手の平や肩にくる。再び照準をもとに戻すと、また標的は霧に隠れる。

引金を引くときは、右手人差し指の第二関節が身体の一部ではなく、独立した生命体に変わる。第二関節はいつ引金を引いたかわからない静寂のなかで自然と真後ろに作動して銃弾を送りだす。そのため伊藤に照準を合わせて撃つ瞬間は、伊藤を殺さなければならないという絶望感や興奮、そして標的越しにちらついて見える、戦争や略奪、虐殺や欺瞞の影を振り捨て、ひたすら第二関節の静寂と平穏だけを受け入れなければならない。

安重根は財布を開けて残りの金を数えた。銅銭まで合わせて一ルーブル残っていた。夜が明けて事が終わるなら、一ルーブルでも十分だった。

安重根は朝九時のハルビン駅の様子を想像してみた。だが、思い浮かぶものは何もない。現場に行かない限り、現場のことはわからないのだ。

何発撃てるだろう。一発撃てば銃声で構内は騒ぎになり、二発目を撃てば警備兵が警戒態勢を取り、三発撃てば銃撃もしくは体当たりで自分を制圧してくるだろう。この時照準を維持しながら人差し指第二関節の平静を保てるだろうか。射撃位置を移動してもう一度照準を合わせるのは無理だ。最初の場所でしっかりと踏ん張り、事を遂げなければならない。果たして何発撃てるだろう。五発以上は難しいはずだが、三、四発は撃ちたい。

一発目以降に起きる騒乱のなかでも、平静を維持し照準を合わせるには……反動を身体で受け止め、平穏を取り戻すしかない。平穏を銃弾に乗せて伊藤に撃ち込むのだ。

安重根は壁の一点を狙って引金を引いた。人差し指の第二関節は静寂のなか、自らの動きを感じなかった。

二十五日の夜、安重根は深く眠った。

15

ロシア警察庁は日本人の歓迎客たちに事前入場券を発行しようと、日本総領事に提案してきた。だが、日本総領事は日本人ならだれもが伊藤を歓迎したい思いを持っているはずだから、反対だと通告した。日本人と朝鮮人は外見上識別できないので、日本人の間に朝鮮人が紛れ込む恐れがあると、再びロシア警察庁は憂慮の念を伝えた。日本総領事は、そのような憂慮は歓迎式の雰囲気を阻害するため、すべての日本人が自由に入場できるようにしてほしいと立場を変えようとしなかった。ロシア警察庁は受諾せざるを得なかった。

男たちはフロックコートに帽子を被り、女たちは着物を着て身だしなみを整えろ、子どもは連れてくるな、八時までには入場して指定の場所で整列していろ、日章旗は駅前広場で配ると、日本総領事は居留民たちに伝えた。

二十六日朝ハルビンの気温は零下に下がり、朝方粉雪まで舞った。安重根は新しく買った服に着替え、ハルビン駅に行った。三等待合室の二階にある喫茶店に入り、お茶を注文する。一等待合室の入り口は、機関銃を持ったロシア憲兵隊が守り、三等待合室側は道路巡察隊が靴音高く巡回していた。

ロシア憲兵隊と日本領事館の職員が駅舎の入り口に立ち、通過する人たちをじろじろとなめ回すように注視しているが、所持品検査はしていなかった。日本人はみんな日章旗を手にしている。ハルビン市内の日本料亭の女将たちも芸者を引き連れて伊藤を歓迎しに来ていた。花柄の着物に身をくるんだ芸者たちが二階の喫茶店で伊藤の乗った列車を待っている。髪を結い上げたようなじには、産毛が見える。手鏡を取り出して化粧を直しながら、ケラケラと笑っている者もいる。日本語で交わす芸者たちの会話が聞こえてくる。

「伊藤公のお顔は威厳があるけど、やさしそうよね。お髭もおしゃれだし」

「私好みのお顔だわ」

「私もそうよ」

「伊藤公は東京の芸者たちに入れ込んでらっしゃるそうじゃない」

「でも、ハルビンにはあんたがいるじゃない」

「ハハ、あんたもいるし」

安重根は喫茶店内の壁時計を見る。針は八時二十分を指していた。禹徳淳が蔡家溝で事をなしていたら、伊藤の特別列車はハルビン駅に来ない。特別列車がハルビン駅に来るとすれば、禹徳淳には機会がなかったことになる。それは間違いない。

ロシア憲兵の将校が喫茶店の中に入ってきて、列車の到着時間が近づいたので、みんなプラットホームに出ろと叫んだ。

プラットホームにはロシアの儀仗兵や軍楽隊、清の儀仗隊、ロシア軍将校団、ハルビン駐在の外交団、日本の民間人たちが整列しており、その前でロシア財務長官ココフツォフが伊藤を出迎えていた。

遠くに黒煙を上げる列車の姿が見え始めると、軍楽隊は、列車のほうに管楽器を向けて演奏を始めた。日本人歓迎客たちも日章旗を振り始める。

汽笛を鳴らしながら列車が近づき、ホームに入って来た。

列車が停まると、ココフツォフが伊藤の客車に乗り込み、日本の川上総領事がその後に続いた。伊藤は客車内の接見室でココフツォフと対面した。伊藤が話し、総領事が通訳をする。

「日露戦争が終わった地で、ロシアの財務長官閣下にお会いできて、平和が訪れつつあることを実感しています」

「日本が大きく発展していると聞いています。日本に行く機会があることを望んでいます。私の列車の中で開く小宴会に公爵をお招きしたい。側近たちとともに来ていただけたら幸いです。列車の中だから少人数しか参加できないが、総領事にも一緒に来ていただきたい」

「承知した。少人数ならより和めるに違いない」

「私はこの地域のロシア国境守備隊の名誉指揮官を兼ねております。外に整列したロシア兵たちは私の部下です。公爵におかれては、私の部下たちを巡閲していただきたい」

「今、私は私服だ。貴国の兵士たちに欠礼にならないだろうか」

「公爵はとても謹厳でいらっしゃいます。私とともに巡閲されれば、何の問題もありません」
「承知した。貴国兵士の威容をぜひ拝見いたしましょう」
伊藤が客車を降りる。ロシア儀仗隊が伊藤に捧げ銃をして敬礼した。伊藤は手を振って応える。伊藤はプラットホームの端の外交団のところまで歩いて行ってから、再びロシア儀仗兵の方に戻った。ココフツォフとロシアの官吏たちがその後を行く。

安重根はロシアの兵士たちの後ろで伊藤が戻ってくるのを待った。楽隊の演奏の音が大きくなる。音が大きくなれば銃声が消される。ロシア儀仗隊の不動の姿勢も不利な条件ではない。拳銃は上衣の内ポケットに入っている。伊藤がさらに近づいてくる。ロシアの軍人たちの間に二歩程度の間隔が開き、その隙間から伊藤が見えた。背の高いロシア人たちの間に背の低い、白いあごひげの老人が立っていた。

これが伊藤だ……この小さくて小柄な老人が……この見栄えのしない老人が……

安重根はロシア兵士たちの間で伊藤に照準を合わせる。ロシア兵士たちの動きで、標的が隠されるなか、伊藤はロシア人と日本人たちの間を移動する。伊藤の姿は見えたり隠れたりしている。安重根の耳にはもう楽隊の演奏音は聞こえていなかった。再びロシア人たちの隙間に伊藤が見えた。伊藤は照準線の上に乗っていた。右腕の人差し指の第二関節が引金を真後ろに引いた。指は自然に動いた。

銃の反動を手の平で受け止めながら、さらに撃ち、さらにもう一発撃った。そのとき、安重根は伊藤の身体に確実に突きささる、実弾の推進力を感じた。照門越しにふらついて倒れる伊藤の姿が夢の中の出来事のように見えた。

ハルビン駅は静寂の中にあった。

弾倉に弾が四発残ったとき、安重根はこの静寂から目が覚めた。

……おれは伊藤を見たことがない……あれは伊藤でないかもしれない……

安重根は再び照準を合わせる。そして静かに集中した。手の平に銃の反動を受け止めたとき、安重根は銃弾が銃口から出たのを知った。伊藤の周辺に立っていた日本人三人がふらつき、倒れた。

ロシア憲兵たちが安重根に体当たりしてきた。安重根は叫んだ。

「コリア、ウラー」

安重根は倒れぎわに銃を落とした。弾倉の中には撃ち残しの弾一発が残っていた。ロシア憲兵たちは安重根の身体を膝で押さえ込んだ。安重根はハルビン駅の鉄道のすぐそばで捕縛された。


宮内省秘書官と侍衛たちが倒れた伊藤を客車の中に運び込んだ。主治医が伊藤の外套を脱がせて見る。身体に入った銃弾の弾道痕は、複数が入り乱れ、曲がりくねっていた。銃弾が伊藤の身体中をひっかきまわした末に推進力を失い、胸郭の中に留まっていたのだ。

伊藤は大きく息を吸い込んだ。秘書官が犯人は朝鮮人で、現場で逮捕したと報告する。伊藤は目を細く開けて言った。

「馬鹿なやつだ」

伊藤はまもなく死んだ。ハルビン駅の鉄路のそばで絶命した。

16

大韓帝国皇太子の李垠は二十六日午後四時に東京鳥居坂の邸宅で伊藤の死を知った。庭でブランコに乗って遊んでいたが、部屋に戻って軍服に着替え、授業を受ける準備をしていたところだった。李垠は鏡を見ながら腰に刀を差していた。

侍従がハルビン総領事館から東京の皇居に送った電文の内容を李垠に伝えた。李垠は顔が上気した。

「何だって。太師が殺されたって。どこで」

「ハルビンです」

「誰が」

侍従はためらいつつも言った。

「犯人は朝鮮人です」

李垠は顔が青ざめ、声をあげた。

「な、何だと」

侍従が李垠を支え、椅子に座らせた。

「何のために」

「詳しいことはまだわかりません」

李垠は気を取り直してソウルの皇帝に電文を送った。

「伊藤太師が今朝九時にハルビン駅で朝鮮人の手によって撃たれ、この世を去られたそうです。まだ公式の発表はございませんが、陛下におかれましては日本の皇室に直接弔意をお伝えくださいますようお願い申し上げます」

李垠は深く心を痛めた。強くも大らかだった師匠伊藤がなぜ朝鮮人の手で死ななければならないのか。朝鮮とは何であり、日本とは何なのだ。どうして朝鮮が別にあり、日本が別にあるのだ。朝鮮と日本の間に何があるというのだ。李垠は何も考えることができなかった。伊藤の不在は朝鮮と日本両方にとって大きな損失に思えた。

李垠は軍服を脱いで横になった。ブランコもビリヤードものぞきからくりも、やりたくなかった。侍従が悲しみにひたる李垠の様子を明治天皇に報告した。明治天皇は皇居から人を遣って李垠を慰めた。

「殿下の悲しみは人倫からのものと承知しておるが、今は学業に専念すべきときである。悲しみがすぎないように」

李垠の電文を報告された純宗は、しばらくじっと座っていた。電文が皇帝に報告されるまでの過程で何人かの大臣と官吏たちが伊藤の死を知った。大臣たちもじっと黙っていた。

伊藤が死んだという噂は二十六日の一晩のうちに市井に広がった。噂は音もなく拡大し、静寂のなかを駆けめぐった。

統監部にはこの静寂の意味が理解できなかった。分析困難な静寂であり、不穏な爆発力を秘めていそうな静寂だった。日本軍憲兵隊は統監部や全国の軍部隊、官公署、鉄道、郵便局の警備を強化するとともに、大韓帝国首相李完用の邸宅前にも武装した憲兵を配置した。憲兵隊は全国の朝鮮人暴動危険地域に住む民間人たちや排日分子たちに対する情報収集を強化するよう、各地区の密偵たちに指示した。

「詳細かつ具体的な情報が必要だ。情報を加工せずに生のまま報告しろ。不穏は静寂の中にある」

と憲兵隊長は訓示した。

朝鮮八道は静寂に包まれていた。純宗はその静けさの奥に隠れているものを恐れたが、その底辺は見えなかった。純宗は自分の生きる道を必死に考えていた。朝鮮の行末と韓国皇室の行末、百姓の行末が重なり合い、ぶつかり合い、複雑に絡み合っていた。

生きる道は悲しみの中にあった。伊藤を殺した朝鮮人の犯行は韓国皇室と何ら関連がないものだが、皇室の主人であり、皇太子の師匠である伊藤公爵が逝去したことへの限りない悲しみと、その極悪な犯人が韓国皇帝の臣民であることへの恐れ多さを表明することで、日本の憤りをなだめる。それだけが皇帝の生きる道だった。自明な道だった。

純宗は明治天皇に哀悼の電文を送った。

「こんにち伊藤公爵がハルビンで凶悪な逆徒によって禍害を受けられたという報告を受け、痛憤の念を禁じえません。謹んでお悔やみ申し上げます」

純宗は電文に韓国人という言葉を使わなかった。とてもではないが書けない心情を明治天皇が推し量ってくれることを願った。神奈川県大磯に住む伊藤の正妻梅子にも別途電文を送った。さらに皇室のすべての慶事を廃し、ソウル市における歌舞音曲を三日間禁じるとともに、東京で伊藤の告別式が開かれる時間に合わせてソウル奨忠壇《チャンチュンダン》で挙国的な官民追悼会を開くことを内閣に指示した。

純宗は伊藤に文忠という諡号《しごう》を授けたうえで、大臣や官吏たち、民間人の代表を連れて統監部にも行き、伊藤の喪屋《もや》を弔問して香典三十万ウォンを手渡した。文は徳を広め、忠は国に献身するという意味だと、純宗は伊藤に授けた諡号の意味を韓国統監の曾禰に説明したが、曾禰はそれに応えなかった。

純宗の哀悼の儀礼は麗しくも厳粛だった。その悲しみがたとえ危機を免れるための虚飾であったとしても、虚飾を尽くせば真の悲しみとの区別が難しく、区別が難しくなれば心は平穏になる。明治天皇は感謝するという電報を返してきた。明治天皇の返信は短かった。

伊藤の遺体を載せた葬送列車はすぐにハルビンを出発した。六両で編成された葬送列車には、黒い布の葬章がつけられた。伊藤の遺体は一重の掛け布団に覆われ、三番目の客車に安置された。前後の車両にはロシア官吏と護送兵が乗った。

葬送列車は伊藤が大連からハルビンに来たときの路線の逆をたどって大連に向かった。北京駐在ロシア大使が長春までついてきた。長春駅で儀仗兵が弔砲を撃ち、捧げ銃で列車を迎え、そして見送った。奉天は朝方通過した。清の官吏たちが朝のホームで列車を迎え、軍楽隊が葬送曲を演奏した。

大連駅でも関東軍儀仗兵一個中隊が葬送列車を迎接した。伊藤の遺体は大連で入棺され、ホテル別館に移されたが、そこで軍医たちが防腐剤を注入した。棺はホルマリンで満たされ、密封された。

李完用も急いで高位官吏たちを率いて大連に来ていた。

大連港に停泊中だった軍艦秋津洲《あきつしま》が伊藤の遺体を載せ、横須賀港へと出発した。出港直前に李完用一行が軍艦に乗り、伊藤の遺体に焼香をして頭を下げた。秋津洲が大連の外港に出るまで儀仗隊は船に向かって捧げ銃をし、軍楽隊は奏楽を続けた。

17

朝鮮代牧区長のミューテル司教は伊藤の死を十月二十六日夕方になって知った。伊藤が絶命してから十時間後だった。そのときミューテルはソウル明洞大聖堂の司教館にいた。告解室で日本人兵士五名、清の兵士三名に告解を施してから司教館に入ったとき、待っていた若い助祭にハルビン教会から来た電報を伝えられた。電報は二十六日朝、ハルビン駅で伊藤が銃撃を受け、現場で死んだという内容だった。ほかの情報はなかった。

ミューテルに届く情報は、ときには韓国皇室に届く情報より早かった。特にフランス、ドイツ、清の外交官の動きについては、統監部の日本人官吏より先に入手した。ミューテルに直接届くものもあれば、明洞大聖堂のミサや祝日のときに集まる外交官、武官、外国人技術者、顧問官や貴婦人たちの間で行き交う情報が間接的に報告されることもあった。誰々の夫人がインフルエンザにかかったとか、どの公使の息子がはしかにかかって死に、楊花津《ヤンファジン》墓地の子ども用墓地に埋葬されたとか、さらにどの参事官が昇進し、どの顧問官が本国に転任になったという情報までが、明洞大聖堂の中では行き交った。冠を被り、道袍を着た韓国の大臣たちも聖堂に来て耳をそばだてては、外国高官の誕生日や昇進、帰任に合わせてご祝儀を送ったりもした。ミューテルは情報の断片をつなぎ合わせて全体の流れを把握することで、明洞大聖堂の司教館にいながらにして、パリ、ローマ、北京、ハルビン、東京の状況を読むことができた。

伊藤が死んだという話を聞いても、ミューテルの表情は何も変わらなかった。ミューテルは知らせを伝えた若い神父に何か聞き返すようなことはしなかった。

だが、人知れず心では、伊藤の暗殺がもたらすに違いない世界的な波紋を考え、驚愕していた。犯人の国籍、資金の出所、背後関係、政治的動機によっては、東北アジアに激動をもたらすかもしれなかった。しかし、夕方の大聖堂は静かだった。ミューテルには自分とこの恐怖を共有する人間がいなかった。

夕方六時、鐘塔の晩鐘が鳴った。

ミューテルは跪いて夕時の祈りを捧げた。弱肉強食のこの世界を、先頭に立って導いていた伊藤の疲れ果てた魂を受け入れ、その労苦を哀れに思ってくださるとともに、伊藤自身も気づいていなかった彼の罪を許してくださるよう神に祈った。

祈りを終えたミューテルは、人力車に乗り、統監部に向かった。統監部は明洞大聖堂から近かった。

伊藤の後任には、曾禰が統監として赴任していた。ミューテルは曾禰に会うことはできなかった。代わりに統監の秘書官佐竹がミューテルを迎えた。佐竹は一日の日課が過ぎ去ったこの時間に予告もなしに訪ねてきたミューテルの目的が情報収集にあると思った。佐竹が先に言った。

「統監は本国との交信があって多忙ですので」

「そうでしょう。大日本帝国が大きな凶変に見舞われたのですから。遅い時間ですが、哀悼の意をお伝えしようと思って来ました」

「統監に伝えます」

ミューテルは話を続けるのが難しかった。佐竹は犯人が韓国青年であり、排日思想に染まった人間であることを知っていた。ハルビンの日本領事館が犯人の国籍と性向を至急電報でソウルの統監部に知らせていたのだ。まだ隠しておかなければならない事項だった。佐竹は話を変えた。

「司教がこのように気遣って下さり、とても慰労になります。東洋の平和のためにお祈りくださればありがたいです」

ミューテルは話を誘導した。

「朝鮮人たちの動向が心配です」

佐竹はその手には乗らなかった。

「今晩は静かですが、伊藤公が逝去された知らせが広まれば、朝鮮人たちも日本の国民とともに悲しみに浸ることでしょう」

ミューテルは佐竹がわざと話をはぐらかそうとしていることに気づいた。ミューテルは待たせておいた人力車に乗って明洞大聖堂の司教館に戻った。老いた車夫は上り坂では前に進むが、下り坂では踏みこたえるのに辛そうだった。ミューテルは後ろから声をかけた。

「ゆっくりでいい。急いでいないから」

都心部の民家は暗闇の中に沈み、通りには人気がなかった。野良犬たちがゴミ箱を漁っている。ミューテルは通りの夕暮れのなかに潜む恐怖を感じ取った。人力車に揺られながら、伊藤を撃った人間が韓国人に違いないと考えた。韓国で宣教師として勤めてきた二十年余りの間、この小さな半島で起きた過去の虐殺と抵抗がそう思わせるのだった。しかし、それを佐竹に公然と聞くわけにはいかなかった。未開な社会の原住民が文明開化へと導く先進の努力を抑圧と感じて抵抗する事例を、ミューテルは世界の後進地域に派遣された聖職者たちからの報告を通してよく知っていた。灯りの消えた家々の暗闇の中で韓国人たちが声を低めて伊藤の死を喜んでいる姿をミューテルは想像していた。

聖堂が見える上り坂で車夫は息を荒らげた。ミューテルは坂の入り口で人力車を帰し、歩いて司教館に戻った。

伊藤を殺した犯人が韓国人青年の安重根で、十二年前に黄海道の山村でウィルヘルム神父に洗礼を受けたカトリック教徒であるという事実は数日後に知らされた。韓国皇室はこの世に間違って生まれてきた不埒な臣民一人が犯した罪であることを、日本の皇室に伝え、重ね重ね謝罪した。ミューテルはこの性急な謝罪から、自分たちが事件の背後ではないかという疑いをなんとか払拭しようとする、韓国皇室の怯えを読み取った。

安重根の名は密かに、そして広範囲に広まった。ミューテルは十二年前の安重根を覚えていた。その年の冬、黄海道で安重根に初めて会ったのは、山村のカトリック施設を訪問しているときだった。百姓たちはやせた土地を頼りにかろうじて命をつないでいた。五百年の王朝の罪過が、力尽きた人間たちの肩に重くのしかかっていたのだ。ミューテルは洗礼を通して踏みにじられた魂をすべて教会に呼び込み、生活の中に積もり積もった哀れな罪の数々に対して神の許しを請うた。ミューテルは神父としてはやさしくも厳しかった。信者はミューテルに頼りながらも、近寄りがたい存在と感じていた。

ミューテルがソウルに戻るとき、黄海道の山村清渓洞の安重根が海州まで道案内をしてくれた。安重根を連れてきたのは、清渓洞カトリック施設のウィルヘルム神父だった。

安重根は当時十九歳だったが、すでに壮年の雰囲気を漂わせていた。ミューテルはこの地域で世襲される安氏家門の勢力についてウィルヘルムから聞いて知っていた。その力は門閥としての組織力と財力を兼ね備えていたが、安氏家門が信仰するカトリック教会の力がさらにそこに勢いを加えていた。安重根はその家の長男であり、安重根の父親の兄弟とその息子たちが一つの村で土着勢力をなしていることを、ウィルヘルムはミューテルに話していた。

ミューテル一行は荷役五人を率いて海州に向かった。東学の勢力は力を失ったが、戦争のせいで村人は散らばり、市《いち》も立たなかった。旅館は廃業し、焼けた村は灰となっていた。東学軍が村を略奪して立ち去れば、官軍が入ってきて東学軍に食糧を渡した百姓を捕まえていった。東学軍が役所を焼き討ちにして官吏を殺せば、官吏の妻が東学軍の隠れ場所を官軍に密告し、その密告で東学軍が連行され殺されると、その息子が密告者の女を殺した。三年ほど前にこの地域で安重根の父安泰勲が猟師や青年たちを集めて軍事組織を作り、村を脅かしていた東学軍を討ったが、そのとき十六歳の安重根は先鋒的な役割を担っていたと、ウィルヘルムはミューテルに伝えていた。ミューテルは安重根の骨格を見ながら、十分にやりそうな人物だと考えた。安重根は、背は低いががっちりしていて、歩き方もいつもいかつかった。

ミューテル一行は信者の家に寄食しながら移動した。安重根はカトリック信者の家をすべて知っていた。信者の家の庭に荷物を下ろすと、穀物を取り出し炊いて食べた。安重根は誰の家でも気兼ねがなかった。村の長老たちは、異邦人の司祭と若い安重根に丁重に接した。女たちは鶏をつぶし、汁を作ってはミューテル一行をもてなした。

慶尚道の内陸では役所に攻め入った義兵たちが郡守を殺し倉庫を襲ったが、撤収中に義兵長が日本軍に捕まり銃殺されたと、夕食時に老人たちが噂話として伝えた。高宗が傾きかけた国の名前を大韓帝国に変え、自ら皇帝の地位に上がって宗廟《チョンミョ》に八佾舞《パルイルム》を捧げたことや、皇妃厳氏《オムシ》が息子を産んだことも話した。ミューテルはすでに知っている話ではあったが、黙って聞いていた。このように村から村へ噂は広がっているのだった。

ミューテル一行が海州に到着すると、海州郡守が役所に招いて夕食をもてなした。海州は都会だった。役所の応接室にはソファーが置かれ、食堂は西洋式に飾られていた。ノビアニ焼き（味付け焼肉）にコニャックが供され、テーブルの上には花が生けられていた。食後にはコーヒーにシガーも出された。

海州は中国と船便でつながっているため、文物が最初に入ってくると郡守は自慢そうに言った。ミューテルは廃墟になった村とコニャックの不釣り合いについて考えた。郡守はミューテルに酒を勧めた。

「上海から来た洋酒です」

「朝鮮でコニャックを飲めるとは驚きだ」

安重根はコニャックで唇を濡らしながら言った。

「香りがいい。香りが。凄まじいほどに」

ミューテルは安重根の内面世界が読み切れなかった。朝鮮の若者であり、朝鮮の廃墟の上に立っているが、決してその廃墟に属してはいなかった。安重根は道案内としては頼もしい存在だったが、どこか危なっかしい違和感を漂わせていた。

海州から安重根は信川に戻り、ミューテルは臨津江を渡って坡州《パジュ》、高陽《コヤン》を経てソウルに着いた。そのとき安重根は十九歳だった。


明洞大聖堂はソウル中心の丘の上にある。ソウルに駐在する各国公使館に近く、鍾路通りの瓦屋根が並ぶ屋敷町越しに、景福宮と宗廟の庭林も見下ろせる位置だ。地下には殉教者たちの骨が保管され、天にはゴシック式尖塔がそびえている。五百年の王都のどこからでも、聖堂は見上げることができた。鐘塔の工事が最終段階に入っていた、ある主日に、ミューテルは奉献のミサをあげた。若い神父十二名が奉仕団を作り、金色の十字架十二個を祭壇の前に並べた。ミサにはアメリカ、イギリス、フランス、ロシア、日本の公使たちと官吏、勲章をつけた武官、顧問官、技術者、通訳官、それに韓国の外務、内務、度支部の官吏たちが参加していた。皇室守備隊長が兵力を率いて、周辺を警備した。ミサ後に開かれたパーティーでは、参席者たちが各国皇帝のために乾杯をし、東洋の平和と韓仏修好通商条約の未来のために献杯をし、万歳、万歳、万々歳を唱えた。

鐘塔では鐘を鳴らした。音の波が広く響き渡る。参席者たちは鐘の音が残す余韻の品格を賞賛しながら再度乾杯をした。

ミューテルは明洞の鐘の音を聞いて故郷フランスの農村の鐘の音を思い浮かべた。故郷の村の林と川は、神の息吹に満ちていた。人が無理に証明しようとしなくても神聖さは地上に自ずと発出する。東洋の小国の丘の上に聖堂を完成させて奉献のミサを捧げるとき、ミューテルは少年時代を過ごした故郷の村の林や川を懐かしく思い出していた。新たなる召命の声がはっきりと聞こえたようだった。その日ミューテルは夜遅くまで告解を施した。


明洞大聖堂を奉献した数か月後、安重根がミューテルを訪ねてきた。ウィルヘルムと一緒だった。安重根は新しく建てた聖堂を隅々まで見て回った。聖堂の中には受難と復活の話が満ち、建築の構造物には文明開化の祝福があふれていた。ステンドグラスは天上ののぞきからくりのような鮮やかな光を発していた。田舎から来た老人も風呂敷包みを担いだまま、聖堂を見学していた。

ミューテルは夕暮れ時になって安重根とウィルヘルムを司教館に招き入れた。安重根が先に話し始めるのをミューテルは待っていた。安重根はあらかじめ準備し、練習してきた言葉を口にした。

「今朝鮮の教徒たちは無知蒙昧《もうまい》で教理も理解できず、国の発展に大きな障害になっています。西洋の修道士たちに来てもらって朝鮮に大学を建て、人材を育てれば教会や国にも大きな助けになるでしょう。司教のお力をお借りしたいです」

安重根は押し付けがましく話した。ミューテルは安重根の話しぶりに青年の幻想と情熱を感じた。ウィルヘルムは横に座ってミューテルの顔色を窺っている。ミューテルはウィルヘルムと安重根が口裏合わせをしてきたことに気づいた。ミューテルはゆったりとした口調で話した。

「大学を建てることは容易ではない。多くの資金と人力が必要で、利潤が出なければ世の中の資金を集められない」

「だからこそ司教にお願いしているのです」

「神父は世俗のことには通じていない。そういうことは皇室に進言しなさい」

「朝鮮皇室の無力さは司教もご存じではありませんか。司教が西洋諸国に発議してくだされば、成し遂げられると考えます」

安重根は引き下がらなかった。ミューテルは安重根の話しぶりが「預けたものを返せ」と言わんばかりの口調であることを感じた。安重根はさらに言った。

「司教はソウルの真ん中にこのような巨大な聖堂を建てられたわけですから、意さえ決すれば大学を建てることも難しくないはずです」

ミューテルは言った。

「教会は神が建てられる。世俗のことを教会になぞらえて話してはならない。よくないことだ」

安重根はミューテルを訪ねてきたことを後悔した。安重根は司教館の窓の外にある大聖堂の鐘塔を眺めた。鐘塔は夕日に輝いていた。

ミューテルは言った。

「朝鮮に大学は無理だ。朝鮮人はまず教会に入らなければならない。朝鮮人が学問を学んだら、心身を害する。よくないことだ。二度とそのようなことを口にしてはならない」

安重根はさらに何か言いたいのをじっと堪えて、帰っていった。ミューテルは安重根を連れて黄海道からソウルにやってきたウィルヘルムを咎めたかった。ミューテルは帰っていく安重根の後姿に不穏な影を見た。その後安重根の消息は聞いていなかった。

犯人が安重根であるという話を聞いたとき、ミューテルは黄海道の山村で道案内をしていた安重根と大学を建ててくれと訴えていた安重根の両方を思い浮かべていた。伊藤が死んでから安重根がカトリック教徒かと聞く記者たちの質問に、ミューテルは、今はカトリック教徒ではないと答えた。

個人の魂が花のように咲けば、その花が集まって文明をなし、その上に神の国が建てられるという平和の構図を、ミューテルはいまだこの粗暴な地の世の中に描くことができずにいた。敵愾《てきがい》心《しん》に満ちた者に対して、平和を語ることなど無意味だったのだ。

銃で撃ち殺す方法で憎悪を表出させたカトリック教徒の罪に、ミューテルは心を痛めた。百年を越す迫害の歳月に耐えながら、死に死を重ねた殉教の血の上にようやく世俗の拠点を築き上げた朝鮮教会が、再び世俗の権力と衝突してしまったら、教会の存在が危うくなることを、ミューテルは憂慮していたのだった。安重根は神父を軽んじ、教会の教えに背き、教会の外に出て殺人という大罪を犯したため、彼がたとえ洗礼を受けた者であっても、これ以上、教会の息子ではないと、ミューテルは神に告げたのだった。

しかし、神は世俗のことについては何も答えてくれなかった。

18

ロシア憲兵たちに腰に縄をかけられ、安重根は憲兵隊に連行された。ハルビン駅はロシアの管轄区域だったが、安重根が韓国市民であるためこの事件の裁判権はロシアに属さないと、ロシア司法裁判所判事は決定した。素早かった。ロシアは急いで事件から手を引こうとしていたのだ。ロシア憲兵隊は安重根をハルビン駐在日本総領事館に引き渡し、安重根は領事館の地下の拘置所に入れられた。拘置所から取調室に連行されるとき、安重根は廊下の向こうから腰を縛られて連行されていく禹徳淳を見た。

禹徳淳は数日前に買った服を着ていた。頭髪は乱れ、その厚い肩の上に影が差していた。表情はいつもと同じく冴えなかったが、態度は何事もなかったかのように悠然としていた。

……禹徳淳が捕まったか……

蔡家溝駅にはロシア憲兵が大勢いたため、おれがハルビン駅で撃ったあとすぐに、禹徳淳も捕またに違いない……列車が蔡家溝に停まらず通過したために、禹徳淳は伊藤を撃つことができなかったのだ。

禹徳淳の後ろに、もう一人連行されていく者がいた。体は細いが、背が高い。

……あれは鄭大鎬か？　……鄭大鎬がハルビン駅で捕まったなら、妻や子どもたちも捕まってしまったのか……

痩せていて背の高い人間は廊下の端にある取調室に入った。安重根はそれが鄭大鎬でないことを祈ったが、その祈りは叶わなかった。鄭大鎬だった。


関東都督府は検察官溝渕孝雄《みぞぶちたかお》をハルビンの総領事館に派遣して事件を担当させた。溝渕はハルビンに着いたその日から、安重根を尋問した。法服に制帽を被っていた。黒い鼻ひげが両側にはねている。目は小さくて声に高低がない。文章を読むかのように話す。短く話すので無駄な言葉がない。容疑者の陳述の中に新しい質問を見つけては尋問を進めていく。溝渕はまるで話す機械のようだった。徹底してスキを見せない。

……おれが今回のことで死ぬとしたら、死ぬ日まであいつと付き合わされることになりそうだな。

取調室で安重根は溝渕と向かい合った。右側に通訳が座り、その向かい側に書記がいて尋問内容を記録した。

「名前、年齢、職業を言いなさい」

「名前は安応七、年齢三十一歳、職業は猟師」
「あなたは韓国臣民か」
「そうだ」
「父母や妻子はいるのか」
「いない」
「一定の居所や住所があるのか」
「ない」
「土地や家はあるのか」
「ない」
「学問は修めたか」
「学んでいない」
「字は書けるか」
「少し書ける」
「普段から尊敬している人がいるのか」
「いない」
「普段から敵対視している人はいるか」
「一人いる」
「誰だ」
「伊藤博文だ」

「なぜ伊藤公を敵対視する」
「理由は多い。これからそれを話す」

事実関係を追及するにあたって、安重根は尋問しやすい相手だった。安重根は自分を有利な状況に持っていこうとはせず、敢えて不利な状況を否定しようともしなかった。簡潔に聞き、簡潔に答えるため、話は軽快に進む。安重根のほうも、答えたくなかったり、答える必要がない質問には、言葉を惜しむことができた。

本人のいない場で日本の検察官を相手に伊藤を撃った理由を陳述するのは、気乗りしない部分があったが、話は自然に出てきた。安重根が伊藤を敵対視する理由を陳述している間、溝渕はときどき眉をしかめることはあっても、話を制止することはなかった。書記は安重根のほうをちらちら盗み見しながら書きとっていた。

「撃った後、伊藤公がどうなったかわかるか？」
「知らない」
「自分の命についてはどうするつもりだった」
「それは考えたことがない。おれは伊藤を殺害した後、法廷で伊藤の罪をすべて明らかにできればそれでいいと思っている。その後のことは日本側に任せようと思った」

日本の外務省は捜査と裁判過程のすべてを関東都督府に移管しろとハルビン駐在総領事館に指

示した。本国の外務省が事件全体を掌握するには、どうしても関東都督府に事件を任せたほうがよかったのだ。

総領事館はハルビン一帯で検挙された関連容疑者九名と尋問調書、証拠物などを関東都督府に送致した。

大連に向かう護送列車は十一月一日朝ハルビン駅を出発した。日本軍憲兵大尉の指揮下、護送兵三十名がついていた。容疑者九名は客車二両に分乗させられた。容疑者同士の対話を禁じろと、大尉が憲兵たちに指示した。そのため捕縛した容疑者を座席一列に一人ずつ座らせ、その両側に憲兵が座って、その腰縄を握った。

客車の中央通路を通り過ぎるとき、安重根は先に乗っていた禹徳淳を見た。後頭部だけ見ても禹徳淳とわかった。その二列前に座っている男の後姿にも見覚えがあった。振り返って見ると鄭大鎬だった。護送列車に乗るまでは逮捕されたかどうか判断できずにいた。目が合った瞬間、鄭大鎬は口を開けて何か言おうとしたが、すかさず憲兵に肘で腹をつつかれ、座席前に転げ落ちた。

……鄭大鎬も捕まったのか。日本総領事館地下室の廊下で見たのは、やはり鄭大鎬だったのか。ハルビンで逮捕されたに違いない……ハルビンの韓人は二百六十人程度だ。日本の密偵たちの監視が十分届く範囲だ。おれが伊藤を撃った後に、日本の密偵たちが韓人社会を探せば、鄭大鎬を捕まえることは難しくない。とすると、妻や子どもたちの行状も露わになったはずだ……鄭大鎬が捕まる時に妻と息子たちはどこにいたのだろう。捕まったのなら、このハルビンのどこかに抑留されているはずだが……

銃を手にした憲兵たちが客車前後の出入り口を塞いでいた。便所に行くときも憲兵たちはついてきて、便所の戸を開けたままにして容疑者を監視した。

列車は単調なリズムを刻みながら大陸を横切っていった。遠くの山々がゆっくりと流れてゆく。列車についてきていた川も日の沈む山脈の陰へと姿を消していく。大陸は誰の所有物でもないかのように果てしなく広がり、そこには人家の明かりがまばらに見える。

……長男芬道の顔が思い出せない。ただ、乳臭かったことだけは覚えている。次男俊生の顔は見たこともない。もう乳離れはしたのだろうか。妻は俊生に重湯でも食べさせながらハルビンまで来たのだろうか……

長春に着くころ日が暮れたため、そこで列車は翌朝まで停車した。憲兵たちは容疑者たちを長春駅構内の憲兵駐在所に閉じ込め、夜を過ごさせた。

翌朝七時に列車は再び出発した。客車の中で立たされたまま、朝の点呼を受けた容疑者たちに握り飯が与えられた。

列車は南へと走った。安重根は目をつぶったが、眠れなかった。まぶたの裏では赤い斑点がうごめいている。そのなかに、よろめく伊藤の姿が突然浮かんだ。銃弾三発が命中したのは確かだった。伊藤の身体に食い込んだ銃弾が安重根の身体に信号を送ってきたような気がした。安重根はその信号を信じた。照準線の向こうで伊藤がよろめき、背の小さい日本人たちがその伊藤を支えている。瞬間、頭の中が真っ白になった。もしそれが伊藤でなかったらという思いで、横の人間たちも撃って命中させた。実にとっさのことだった。その後のことは覚えていない。撃つときは確かだったことが撃った後は朦朧としている。

……伊藤は死んだのだろうか。もし死んだのなら、おれの命は伊藤の命の中に食い込んだことになる。だが、伊藤が死んだのなら、日本領事館の職員や憲兵たちがこれほどまでに静かにいられるものだろうか……

伊藤自身に対して、伊藤を殺す理由を知らせられればよかったが、伊藤が死んだのなら、伊藤を殺す理由を伊藤に伝えることはできない。明治天皇は伊藤が銃に撃たれた理由を知っているだろうか。伊藤が死んだなら、伊藤のいない世の中に対して、伊藤を殺した理由を話さなければならないが、その世の中は伊藤が作り上げた世の中だ。おれの話が理解されることはないだろう。伊藤が銃弾に当たって死ぬまでの間に、なぜ自分が撃たれたかを知らされただろうか。そこまでは無理でも、銃を撃ったのが韓国人であることは知って死んだのだろうか。それすら知らないまま死んだのなら……

伊藤が死なずに病院に運ばれ、生き返ったとしたら、伊藤の世の中はさらに粗暴になるだろう。伊藤が死ななかったなら伊藤を撃った理由について伊藤に話す機会が生まれるかもしれない。三発は正確に入ったはずなのだが……伊藤は死んだのか、それとも生き返りつつあるのか、それとも死につつあるのか……

安重根は横に座って腰縄を握っている憲兵に、

……伊藤は死んだのか。新聞に出たか？

と聞きたくなるのをぐっと堪えた。

長春を過ぎるあたりから山脈は遠くなり、川幅も広がった。大陸は海に向かって下っていた。十一月の大陸はだだっ広くて虚しい。いくら走っても人影ひとつ見えない。遠くの山の稜線では雪が舞い上がり、近くの林では木々が揺さぶられている。大陸は乾き切っていた。

列車は伊藤が大連からハルビンに来た鉄道を逆にたどっていた。安重根は二日間眠れなかった。身体は列車のリズムに乗って眠気に襲われるのに、眠れなかった。安重根はまだ行ったことのない大連を思い浮かべてみた。

……伊藤の国は大連を襲って占領し、大連を足場にハルビンに進出した。ハルビンのプラットホームはおれが伊藤を撃つのに格好な場所だった。伊藤が死ぬのにもふさわしい場所だった。……おれは伊藤が来た鉄道を逆に走っている。大連は伊藤の世界だ。大連はおれが話すのに適当な地であり、おれが死ぬのにふさわしい場所だ。

護送列車は十一月三日午後大連に到着した。安重根は関東都督府の旅順監獄に入れられた。馬車に乗って監獄に向かう途中、カーテンの隙間から外が見えた。

防波堤の向こうに各国から来た汽船が停泊している。大連は栄えた港だった。接岸した船から荷役が荷物を担いで下船し、埠頭には数十台の荷馬車が待機している。港は慌ただしく見えた。市街地には赤いレンガの建物が立ち並び、屋上には旗がなびいている。

安重根が収監される監獄は、白玉山のふもとにあった。

19

伊藤の告別式は十一月四日東京日比谷公園で開かれた。伊藤の棺は朝早く赤坂霊南坂の官邸を出発した。騎馬憲兵隊、軍楽隊、儀仗隊が棺を運ぶ隊列を先導した。その後ろを大佐級の軍人十二名が伊藤に授与されていた勲章二十四個を高く掲げて歩き、伊藤の棺の周囲を陸海軍の将軍たちが警衛した。

葬儀委員会は、新しく伐採した丸太で日比谷公園に臨時の建物四十棟を建てさせた。皮をむいた丸太の香りが式場中に漂っていた。

伊藤の棺が中央に置かれ、その横に勲章が並べられた。法衣を着た僧侶たちが読経し、ロシア正教会の主教が金色の十字架を手に登場した。日本の皇太子夫妻の使者、韓国太皇帝の使者、韓国皇帝の使者、韓国皇太子の使者が順番に入場する。歩兵、騎兵、砲兵二個師団が式場周辺を警備し、海軍が儀仗を担当した。

明治天皇は伊藤の葬儀の流れと規模について詳細な報告を受け、そのまま許可したが、葬礼式に参列はしなかった。伊藤の死に対する自身の思いも述べなかった。明治天皇の沈黙を見て、大臣たちも沈黙した。侍従たちも遠くから明治天皇の顔色を窺いながら、口を閉ざしていた。

同じ日、ソウルの奨忠壇では韓国の皇室と内閣と民間人が合同で官民追悼式を開いた。白い麻布で幕を下げ、その中に伊藤の位牌を置いた。位牌には文忠公の諡号が書き込まれていた。皇族と各省の大臣、高位官吏、漢城府民会幹部、各地域代表たちが伊藤の位牌に頭を下げた。首都居留民は門前に麻を巻いた半旗を掲げた。伊藤の位牌の前には朝鮮の礼法で決められた順番どおりに、ご飯、汁、餅、甘酒、干し肉、菜っ葉、あえ物、果物、魚、肉が並べられていた。

20

鄭大鎬は一行八人を連れて二十七日夕方、ハルビンに着いていた。安重根が伊藤を撃った翌日だった。鄭大鎬は一行とともに金成白の家に泊まった。金成白は金亜麗と二人の子どもに二階の部屋を使わせた。

ハルビンは騒ぎになっていた。伊藤は現場で絶命し、伊藤を撃った犯人は韓国人安応七で年齢三十一歳、職業は猟師であると新聞は報じた。鄭大鎬が清の新聞を買ってきて金亜麗に読んでやった。寝入った子どもたちの横で両ひざを抱えて座った金亜麗は、鄭大鎬の伝えるニュースを聞いていた。金亜麗は受け入れざるをえない重大な運命を感じた。安重根が二年前にウラジオストクに旅立つときからすべてのことがこうなると予定されていたかのようだった。

……伊藤が死んだから……あの人もすぐ死ぬのだろう……

久しぶりに温かい布団に横たわった末の子は、よだれを垂らしながら寝ている。金亜麗は木綿の手ぬぐいで子どものよだれを拭ってあげた。乳歯が生えて歯茎がかゆいのか、末の子は口をもぐもぐさせていた。

鄭大鎬は金亜麗の二人の子どもをどこに預けようかと思案した。困ったことだった。ハルビンには、子ども二人を連れた若い女を任せられるような縁故者はいなかった。朝鮮にいる安重根の二人の弟に手紙で相談するしかなかった。

安重根がどういう考えで妻や子どもをハルビンに呼んだのか、鄭大鎬には理解できなかった。だが、鄭大鎬は安重根の妻子を連れに平壌に行って何日か夜遊びで時間を過ごしてから、十月二十三日になってようやく平壌を出発したのだが、もし銃を撃つ前に妻や子どもを連れていって会わせていたら、安重根は銃を撃てなかったかもしれないと思った。安重根のためにも彼の妻や子どものためにも、銃を撃った後に彼の妻子がハルビンに到着してよかった。安重根が銃を撃つ前に妻子に会わなくて幸いだった。所詮取り返しのつかないことは、どうしようもないことだから……そう考えると、鄭大鎬は少し気持ちが楽になった。

鄭大鎬は十月二十八日に金成白の家で逮捕され、金亜麗も連行された。溝渕は金亜麗を日本総領事館に呼んで尋問した。金亜麗は自分が鄭大鎬の姉だと言い張った。金亜麗は参考人の身分だったが、溝渕は金亜麗と鄭大鎬の関係が姉弟であるという陳述を疑っていた。それで参考人の尋問調書には「参考人　鄭姓、鄭大鎬の姉という者」と記録した。

文明国の法律は犯罪者の血族だと言っても犯行と直接関連がなければ処罰しないので、安心して陳述しろと、溝渕は金亜麗に言ってから尋問を始めた。

「あなたは被告人鄭大鎬とどういう関係だ？」

「私は鄭大鎬の姉です」

「あなたは子どもがいるのか」

「息子が二人います」

「あなたの夫の名前は何だ」

「キム・ノクス。私は無学なので漢字は知りません」

「あなたは何歳の時に結婚した」

「十七歳のときにしました。夫は三年前に死にました」

「二番目の子ができたときに夫は死んだのか」

「妊娠五、六か月ぐらいのときに亡くなりました」

「夫の墓はどこにある」

「黄海道明川《ミョンチョン》郡西《ソ》房洞《バンドン》に埋葬しました」


金亜麗は伊藤が死んだので夫は死んだものと思っていた。夫がウラジオストクに向かった二年前に、夫は帰らないものと金亜麗は予感していた。そう心に決めるとすべてが事実のように固まった。溝渕は最初の尋問を簡単に済ませた。二日後には五歳の長男芬道を総領事館に連れてきて陳述させ、記録した。金成白の家に行って芬道を連れてきたのは総領事館の女子職員だった。金亜麗はついてこなかった。溝渕は調書に陳述者のことを「長男某、五歳」と書いている。

溝渕は芬道に安重根の写真を見せて話しかけた。

芬道が安重根の写真を見ながら、

「これは僕のお父さんだ」

と言ったと、溝渕は調書に記録した。芬道が、

「お母さんが僕をお父さんのいるところに連れて行くと言った」と話したと、溝渕は記録している。

二日後に溝渕は金亜麗を呼んだ。

「あなたの夫は安応七ではないのか」

「違います」

「あなたの子どもに聞いたら父親がいると言っていたが」

「私の夫は死にました」

「あなたの子どもが安応七の写真を見て父親だと言った」

「子どもは幼くて父親の顔を知らない。夫がいないのに、どうしていると言えますか」

溝渕は縄で縛られた安重根の写真を金亜麗に見せた。

「見ろ。夫はこのように逮捕された。夫じゃないのか」

「私の夫は死にました。夫はいません」

「あなたの夫は安応七に間違いない。どうなんだ?」

「私は知らない」

金亜麗の心の中では夫はもう死んでいた。死んだことは変えられない。溝渕は金亜麗が安重根の妻であるという心証を固めつつ尋問を終えた。

21

伊藤の葬儀を行う前から、ソウルに伊藤の頌徳碑《しょうとくひ》と銅像を建てようという建議が統監府に入ってきた。統監府は許可しなかった。統監府は建議した者たちを呼んで、忠情はわかるが、世の中の民心は穏やかでない。軽挙妄動は慎めと警告した。

伊藤の銅像を建てると言って、金をだまし取ろうとした者たちが、警視庁に検挙されたりもした。そうかと思えば、韓国皇帝の勅命を受けた弔問使節を詐称する者たちが、大連に行って伊藤の棺を積んだ船に向かって深々と頭をさげたという。

韓国青年が伊藤を殺害したという話を聞いて、韓国の太皇帝が嬉しそうな表情を浮かべて笑ったという噂が宮殿内に広まると、統監部は警視たちを動員して噂の出元を追跡させた。警視たちは宮殿内を探し回り、太皇帝に近い女官たちを順に尋問した。

「おまえが太皇帝の笑い顔を見たのか？」

「お顔がゆがむのは見ましたが、笑ったのか泣いたのかは区別がつきませんでした」

「太皇帝が何と言っていた」

「遠くて聞こえませんでした」

「大臣たちの中で笑って騒いだのは誰だ」

「上の方たちのことは存じません」


調査はうやむやになってしまった。太皇帝の侍従の一人が日本人に点数稼ぎしようと嘘の告げ口をしたのではないかという話が女官の間でささやかれた。捜査が終わると太皇帝の周辺では誰も伊藤の死について話すものがいなくなった。

地方の郡守や書生で力のある者たちは謝罪団、慰問団を作って日本を訪れたが、その旅費を住民から集めた。目ざとい者たちは、伊藤の死を謝罪しに日本に行こうと、十三道人民渡日代表団まで結成した。

東京にいる韓国皇太子李垠は、太師だった伊藤の死を追悼して三か月喪に服し、飲食を慎んだ。ソウルの巫女寿蓮《ふじょスリョン》は、太皇帝の寵愛のもと、宮女たちの付き添いを伴いながら宮殿に出入りしていたが、銃に撃たれて死んだ伊藤の霊を慰めるために、圜丘壇に近い場所に祭場を設け、歌い踊って極楽往生を祈った。太皇帝はいつも寿蓮に褒美の名目で大金を与えていた。この日、祭場には六百人余りが集まり食べて飲んだが、その費用はすべて寿蓮が自費で賄った。

伊藤が死んだ直後、朝鮮半島の静寂のなかに不穏な蠢動《しゅんどう》が潜んでいるとみた統監府の情勢判断は正しかった。静寂は長くは続かなかった。

義兵長文泰洙《ムンテス》は十月三十日、数十名の兵士を率いて京釜線《キョンブ》伊院《イウォン》駅を襲い、火をつけた。日本軍三人を捕虜にし、軍通信線も破壊した。文は四年前に全羅北道、忠清北道の山岳奥地で兵を起こし、一時は百五十人以上の軍勢を誇っていた。茂朱《ムジュ》、南原《ナムウォン》、永同《ヨンドン》、沃川《オクチョン》、錦山《クムサン》に立て続けに攻め込んで勝利したが、その後負けて逃走した。統監府は警察署を二十か所増設し、駐箚軍司令部は、各地区憲兵隊に警戒強化を指示した。

駐箚軍は湖南《ホナム》一帯をふるいにかけるように捜索した。義兵は能力のある軍長が現れれば二百や三百まで勢力を伸ばすこともあったが、ほとんどは十か二十人程度が集まって村や山で戦っていた。日本軍は義兵が発生した村に歩哨を立て、通行する住民を捕まえては撃ち殺した。義兵たちは清州、抱川、奉化《ポンファ》、楊州、谷山《コクサン》、坡州でも戦った。彼らは突撃していっては死に、逃げては死に、連行されては殴り殺され、山中に隠れては飢えて死んだり自殺した。

日本の新聞は伊藤の死にあたって東京花柳界の悲しみを詳細に報じていた。悲しみの表し方は静かで整然としていた。赤坂の芸者梅子は伊藤の旅にも同行したことがあり、花柳界の羨望の的だった。伊藤が死んだ翌日、梅子は料亭に集まった記者たちには会わずに、部屋に閉じこもった。料亭の老いた女将が記者たちの前に出てきて、

「梅子は旦那様に仕えたことについては話しません。梅子は今化粧を落とし、悲しみに浸っています。インタビューに応じることもできないほどの悲しみに包まれている、これが梅子の回答です」

と言った。記者たちは梅子の品格ある「悲しみ」を評価する記事を書いた。

この料亭の安倍料理長は、

「旦那様の食事はいつも簡素なものでした。派手なお膳立ては好まれなかった。刺身、焼いた銀杏の実、野菜の漬物とみそ汁程度でした。季節に敏感で、旬ごとに魚を替えて出しました。脂っこい魚は召し上がりませんでした」

と言った。記者たちは伊藤の食事についても記事にした。

銀座の芸者花子は、

「十年あまり前に宴会で初めてお会いしてから、かわいがっていただきました。私のむさくるしい家にも時々来られました。お酒を召し上がるといつも書画や文学についてお話しになりました。酔われると艶めかしい話もよくされ、くすぐり合って遊んだりもしました」

と話した。

京都の花柳界の悲しみは深くて優雅だった。

……伊藤公爵閣下は国のことでお忙しくて主に東京にいらっしゃったが、公爵閣下の御心はいつも京都の風流を恋しがられ、合間を見つけては京都に来られ、私たちをかわいがってくださった。……公爵閣下は私たちの前でお国のことはお話しにならなかったが、お国のことが順調なときはワインを飲まれ、お国のことがうまくいかないときはウイスキーを飲まれることを、私たちは知っていた……公爵閣下が私たちの戯れに目もくれず、心配そうなお顔で、強いウイスキーを立て続けに飲まれると、私たちも心が痛んだ……こんな心の奥底は風流の本場である京都の芸者でなければわからない……と祇園の年老いた芸者が話したと、地方新聞は人物欄に書いている。

22

禹徳淳の陳述は単純で、ためらいがなかった。禹徳淳は相手を短刀で刺すように話した。その三十年の生涯は食べるのに精一杯であり、粉飾する余地すらないものだった。関東都督府の溝渕検察官は、禹徳淳について虚偽の陳述はしないが、自分を表現するだけの言語能力も十分でないと判断していた。犯行前までの禹徳淳の行動歴については共犯者たちも知らないだけに、本人の陳述に頼るしかなかった。

溝渕は禹徳淳の身分を朝鮮の下層民と分類した。学校に通ったことがなく、千字文《チョンジャムン》と童蒙先習《トンモンソンスプ》（児童用学習書）を書堂《ソダン》（韓国の寺子屋のような教育機関）で学んだと陳述していたが、漢字もろくに知らなかった。

禹徳淳はソウル東大門の外の区域に極貧状態の妻子を残して二十七歳でウラジオストクに来た。離郷に政治的動機はなかった。ロシアに行けば、日雇い労働をして金を稼げるという噂がソウルの巷《ちまた》に広まっていた。ただ妻や子どもに送る金を稼ぐためにウラジオストクに来たのだった。禹徳淳はロシアに知り合いがいなかった。ウラジオストクでは、たばこを巻いて箱に入れる仕事をしたり、通りでたばこを売ったりした。鉱山村を回りながら、下着や雑貨を売ったり、使い走りをして小銭を稼いだりもした。取り調べでは、自分の職業をたばこ売りだと陳述した。数か月の間大東共報の購読料の集金員として働いたこともあるが、ひと月にもらった十ルーブルでは下宿代にもならなかった。下宿代はいつも滞納していた。

二年前に母親が危篤だという連絡を受けてソウルに戻ったときに、妻に五十ウォン渡したが、それが彼の「送金」のすべてだった。韓国皇太子李垠が伊藤の付き添いのもと日本に行った日、再びウラジオストクに戻って来たと禹徳淳は言った。溝渕には禹徳淳が自分の行動を皇太子の日程と関連させて言うのがおかしく聞こえた。だが、禹徳淳が韓国皇太子の運命を注視していたことは確かだった。禹徳淳はロシア人から中古品の拳銃を八ルーブルで買って持ち歩いていたが、拳銃を購入した動機にも政治的動機を見つけることが困難だった。禹徳淳は数年前から伊藤を殺さなければならないという考えを持っていたと陳述したが、伊藤を殺害する目的で拳銃を購入したと断定するには論理性が足りなかった。ウラジオストク一帯では拳銃を許可なしに簡単に購入できたし、男たちの拳銃所持は日常化していた。

「おれは伊藤を必ず殺す決心でウラジからハルビンまで来たが、警戒が厳しくてもし殺せないなら、発砲だけでもして自分の意見を主張し、自殺する考えだった。これは事実だ」

禹徳淳のこの陳述は任意のものらしかった。検察官の前で殺意を自白する態度に溝渕は驚いたが、その態度が拳銃購入の動機と直結するわけではなかった。

禹徳淳が自白した殺害の動機は私感ではなく政治的なものだったが、溝渕は禹徳淳のその政治性を認めることができなかった。それが論理的な理由ではなく、溝渕自身の政治性のためであることを自覚しながら禹徳淳の政治性を否定したのだ。

そもそも禹徳淳のような下層出身の不良の輩に政治思想があり、それを行動に移せる精神力があるということを溝渕は認められなかったし、それが本国の外務省がこの裁判に求める方向性でもあった。溝渕は禹徳淳が犯した行為と禹徳淳が持つ思想の間の関連性を否定する方向で尋問していこうと決めていた。だが、禹徳淳の陳述は訥弁《とつべん》ではあっても断定的で、なかなか事前に決めた方向に持っていくのが難しかった。

禹徳淳は安重根と二、三度会ったことはあったが、胸襟を開いて通じ合う仲ではなかった。二人は成長過程や世襲された環境が全く違った。不穏な放浪者という点では同じだったが禹徳淳は極貧の下層民だったし、安重根は土豪の出身だった。安重根は漢学の基礎を身につけ、無骨の気性があった。禹徳淳は伊藤を殺しに行こうという安重根の提案に即座に同意し、二日後に二人で列車に乗ってウラジオストクを出発した。伊藤を殺さなければならない理由を二人で話したこともない。二人の間には政治的対話がなかった。この過程は禹徳淳の陳述と安重根の陳述が一致していた。

この二人の男の間にどのような神がかった力が作用して、このような行動を起こさせたのか、溝渕には推測することすらできなかった。どうして可能だったのか。これは何を意味するのか。これは二人だけのことなのか、それともほかの朝鮮人にも拡散しているものなのか、これらを禹徳淳に尋ねるわけにはいかなかった。

結局、この難解な問いが事件の核心なのかもしれないが、法律家が答える事案ではないという結論に溝渕は到達した。禹徳淳から思想的動機を奪い取り、安重根の指示を受けた手下の人間と決めつけて起訴することに、溝渕は決めた。

ハルビン、上海、ウラジオストクに駐在する日本総領事館は、伊藤が殺害された直後から朝鮮人に対する情報収集活動を強化した。領事たちは本国の外務大臣に探偵費を大幅に引き上げてくれることを求め、外務大臣は現地公館の要求通りにこれを承認した。探偵費は主に朝鮮人の密偵を雇うのに使われた。探る対象は、伊藤狙撃事件の連累者《れんるいしゃ》たちの周辺にいる朝鮮人たちと弁護士、そして安重根の家族とその周りの人物たちだった。密偵は探る対象者にぴったり接近して、会った人間、その場所、購入した品物、食べたもの、帰宅時間、時間別の動線などを調べ、報告した。総領事館は意味のある情報を整理して関東都督府に送ったが、その情報は溝渕にも入ってきていた。溝渕は安重根の犯行翌日の十月二十七日ハルビンに到着した安重根の妻金亜麗と子どもたちの動態に関する情報と関連写真を入手していた。

安重根に対する尋問は最初から混乱を極めた。安重根は事実関係について明確に陳述したが、溝渕は安重根の陳述に自分の行為を正当化する政治的信念が作用していることを最初から感じ取っていた。安重根の政治性を否定することは難しかった。さらに、その政治性が伊藤の文明開化主義と東洋の平和構想に対する誤解と無知からくる無知蒙昧の産物であることを、尋問を通して露呈させたかったが容易ではなかった。

伊藤が暗殺直後に絶命したという事実を安重根が知っているかどうかを知ることが尋問の技法

上非常に重要だったが、溝渕はそれを安重根に面と向かって聞くわけにはいかなかった。安重根に尋ねたところで、知っていても知らないふり、知らなくても知っているふりをするに決まっている。犯行直後に安重根を尋問したロシア憲兵隊の調書を見ると、安重根が伊藤の絶命を知っている感じではなかったが、だからといって、それが知らずにいる根拠にはならなかった。

溝渕はいろいろな場合を考えた。伊藤が死んだという事実を安重根に知らせたら、安重根は自分の命に対する希望を断念することで、さらに頑なに政治的信念に基づく殺人であると主張するだろう。ことがこうなると、安重根を処刑したら、帝国の文明的イメージは損なわれる。

伊藤が死なずに病院で生き返ったと安重根に話したら、安重根は自分の命に対する希望が生まれることから、自分の行動は伊藤の平和構想と経綸に対する誤解に基づくものだと法廷で陳述するかもしれない。そうなれば安重根を処刑しても帝国のイメージは損なわれない。しかし逆に安重根は未遂に終わった自分の不運を嘆いて法廷でさらに強い敵愾心を吐露する可能性もある。安重根なら、十分にそうしかねない人物であると、溝渕は判断していた。

ロシア憲兵隊から渡された調書によると、安重根はハルビン駅の憲兵隊に連行された直後に十字を切って「神に感謝する」と言った。ならば安重根は伊藤の絶命をすでに知っていたということなのか。

溝渕は安重根に聞いた。

「おまえはハルビンのロシア憲兵隊で取り調べを受けるとき、十字を切って『成功を神に感謝する』と話したか」

安重根が答えた。

「伊藤が死んだと知ったから、そう言ったわけではない。おれがやろうとしたことが成功したから神に祈ったのだ」

安重根の答えは明快だったが、伊藤の絶命を知っているかどうかは依然として曖昧模糊としていた。安重根の言葉は伊藤が絶命したかどうかがわからない状態のなかで、伊藤が絶命することを神に祈ったという意味にも聞こえた。

溝渕はどちらにも決めつけなかった。伊藤が死んだと話してやることも、銃に撃たれたが生き返ったと話してやることも、尋問には利益にならないと思ったからだ。死んだか生き返ったかをわからないようにすること、死んだようでもあり、死んでいないようでもある状態を維持することが、犯人の心理を揺さぶるのには有利だろうと考えたのだ。

それよりも安重根の妻子の運命を絡めて尋問したほうが、よい結果をもたらすだろうと溝渕は判断した。溝渕は遠回しに入っていった。

「おまえの妻は金鴻燮《キムホンソプ》という者の娘か」

「そうだ」

「おまえには五歳と三歳の息子がいるのか」

「そうだ」

「ハルビンで尋問するときおまえは妻子がいないと陳述した。それはウソだったのか」

「おれは二年前に妻子がいないものと心に決めて家を出た。それでいないと言った。実際妻子はいる」

大連に護送される列車の中で捕縛されて連行される鄭大鎬を見たとき、安重根は妻子がハルビンに来ているかもしれないと思った。ならば金亜麗はすべての事態を知っているはずだった。ことは最初からそうなるしかなかったのだ。

溝渕はたばこに火をつけ、しばらく沈黙していた。たばこを一本吸い終わってから溝渕は知らせることがあるといった話しぶりで言った。

「おまえの妻子が今ハルビンに来ている。知っているのか」

……こいつがどうしてこんなことを聞くのだろう……

安重根は考えてから答えた。

「知らない」

安重根は何を知らないというのか、溝渕には判断がつかなかった。事実を教えてあげたのに事実を「知らない」と答えるのは、「知っている」という意味にも聞こえるし、「話したくない」という意味にも聞こえた。安重根が知っていたかどうかは、安重根だけが知っていた。溝渕は妻子のことはこれ以上聞かずに、安重根の顔をじっと覗き込んだ。顔には何の表情もなかった。

溝渕はロシア憲兵隊からの情報をもとに尋問をした。

安重根が撃った後制圧されるときにロシア憲兵が、

「ヤポネツ?」(日本人か)

「コレエツ?」(韓国人か)

と聞くと、安重根は、

「コリア、ウラー」

と叫んだ。

ロシア憲兵隊の報告にはそうあった。

これについて聞かれた安重根は「ウラー」が「万歳」という意味で世界共通で使われる言葉であると陳述した。

溝渕は危険な落とし穴を感じていた。安重根は「コリア」という名前を出して伊藤を撃ち、世界共通の言葉「ウラー」で万歳を叫んだ。溝渕は「ウラー」がどの国の言葉かは知らなかったが、安重根が犯行前にすでに「ウラー」を叫ぶ準備をしていたことに間違いはなかった。安重根の政治性は、伊藤とコリアと世界共通の「ウラー」とともに彼のなかで一つに結び付けられ、ウラジオストクからハルビンを経て大連にいたる鉄路に沿って展開されていたのだった。世界共通の「ウラー」は表現されていない、他の多くの言葉の意味を含んでいた。溝渕は「ウラー」の背景について、それ以上追及することを止めた。

安重根の陳述には、短い一言で尋問の包囲網を打ち崩す破壊力があった。溝渕はすり抜けていく安重根の言葉を再度拾いあげて尋問した。

「おまえが言う東洋の平和とは、いったいどういうものなのだ」

「東洋のすべての国が自主独立することだ」

「そのうち、一つでも自主独立できなければ東洋の平和ではないということか」

「そうだ」

溝渕は切れてしまいそうになる尋問の脈絡を何とかつなげていた。網を広く張って安重根を閉じ込め、徐々に追い込もうとしていた。しかし、安重根はすでにその網の外にいるか、もしくは網を破って出ようとしていた。

溝渕は言葉の包囲網を一旦しまい込み、写真を取り出した。溝渕は金亜麗が二人の子どもとともに撮った写真を安重根に見せた。白い韓服姿の金亜麗は三歳の末っ子を膝の上に抱いて座り、五歳の芬道がその横に立っていた。

……この子が末っ子か……

写真の中から子どもの乳臭さが漂ってきそうだった。末っ子は母乳のせいか指や足首がぽっちゃりしていた。長男芬道は韓服の上衣に清国風のズボンを穿き、靴を履いていた。芬道は五歳らしくなく堂々としていて、男らしさを漂わせ始めていた。金亜麗は顔立ちがはっきりしていて、しわがなく張りがあり、若い母親としての力を感じさせた。黒髪を頭の両側に分けて結っていたが、髪の分け目が後ろの方までくっきりと表れていた。写真は構図よく撮れていて陰影が鮮明であり、人工的に作ったぼかしの背景が見て取れた。自分も服をきちんと着て子どもたちにもきれいな格好をさせていることから、写真館に連れて行って撮ったに違いなかった。

……夫が伊藤を撃ったハルビンで妻はなぜ子どもたちを連れて写真など撮ったのだろう。おれが銃を撃つ三日前に禹徳淳とともに写真を撮ったのと同じ理由だろうか。おれがいておまえがいないこの世の中で、もしくは、おまえもおれもいないこの世の中で、自分たちの安否を伝えようと写真を撮ったのか……。

……この写真をどこで手に入れたのだろう……。

安重根は溝渕に聞いてみたい衝動を抑えた。日本総領事館が密偵を使ってハルビン市内を探し回ったのだろうと推測した。

……この写真を入手するほどだから日本総領事館はすでに妻への尋問をしているだろう……ならこの写真は、妻が子どもたちと一緒に連行され、無理やり撮らされた写真かもしれない。

安重根が写真を見ている間、溝渕は安重根の表情をじっと見ていた。安重根は写真を溝渕に返した。

溝渕は尋問を続けた。

「この写真の中の人物はおまえの妻か」

「そうだ。しかし、この小さな子は見たことがない」

溝渕は再び聞いた。

「おまえが今のようになって、この写真を見る気分はどうだ」

書記が緊張して安重根の口元を見つめた。

「なんともない」

尋問は二か月以上続いていた。事実関係についての追及は難しくなかったが、犯行動機の政治性を無力化するには意味のない二か月だった。平和の問題を追及して入っていくと、尋問は討論に変わっていくが、検察官が犯罪者と論争ばかりしているわけにはいかなかった。

溝渕は殺人と倫理の問題で追及の網をたぐってみることにし、伊藤の死を伝えた。

「おまえが撃った銃弾が伊藤公に命中した。伊藤公は十五分後に亡くなられた」

溝渕の言葉は心理的動揺を誘導しようというものだった。安重根は大連に護送された後、度重なる尋問過程で伊藤が死んだのは間違いないという感触を受けていた。感触は漠然としていたが、次第に確固たるものになっていった。伊藤が死んだという言葉に安重根は表情を変えることはなかった。

安重根は溝渕に聞いた。

「伊藤は銃を撃った人間が韓国人だということを知って死んだのか」

安重根の言葉には多くの問いが含まれていた。銃で撃たれた者が銃を撃った者の国籍を知って死んだのか、知らずに死んだのかが安重根にとっては重大な問題になる、その理由にこの事件の本質がありそうだった。溝渕は言った。

「知らない」

溝渕は質問の方向を変えた。

「おまえは政治的理由でそのような行動をしたと言うが、その行為は人間の道理に反することだ。自分の過ちをわかっているのか」

「人間の道理に反することではないと考える。ただ、伊藤が死んだため、おれが伊藤を殺そうとした理由を伊藤に直接説明してやれなかったことが残念だ」

「おまえが信じるカトリックでは、人を殺すことは罪悪なのではないのか」

「そうだ。しかし、人の国を奪って人の生命を奪う人間を、手をこまねいて見ていることのほうがより大きな罪悪だ。おれはその罪悪を消し去ろうとしたのだ」

溝渕はさらに網を絞り込んだ。

「おまえが仰ぐウィルヘルム神父もおまえの犯した罪のことを聞いて、自分が洗礼を授けた人の中にこのような者が出てきたことを嘆いたという。それでもおまえの行いが人の道理に反さないと考えるのか」

安重根は答えなかった。溝渕が事実を話しているのか、神父の名で打撃を与えようとしているのか、判断できなかった。溝渕の言うとおり、ウィルヘルムが安重根の行いを信徒や世論の前で公開的に「嘆いたか」どうかはわからないが、ウィルヘルムは聖職者としてとてもがっかりしているとは思った。ウラジオストクに向かいながら別れの挨拶をするとき、引き留めることはできないまでも最後まで納得のいかない様子だったウィルヘルムの表情が思い浮かんだ。

おそらくウィルヘルムが教会を保護するために公開的に「嘆く」ことはあるだろうと、安重根は思った。教会が霊的には神の国に属するといっても、現実には、伊藤の作ったこの世の地上に建てられている。ウィルヘルムもこの地の上で生きていく人間である以上、その地の上の道を歩いていくしかない。だが、ウィルヘルムも自己矛盾に陥っているに違いない、伊藤が死に追いやった無数の人間の命も神が下さったものであり、神はその霊を神の国へと導いているのだから。それゆえにウィルヘルムが教会を背負って伊藤の世の地上を歩いているとしても、安重根にはまだ神の子として、ウィルヘルムと交わす言葉が残っているはずだと考えるのだった。

ただ、伊藤を殺す前に伊藤にその理由を話せなかったようなこと、伊藤がすでに死んだために自分が殺された理由が聞けなくなったようなことが、ウィルヘルム神父との間に起きないことを安重根は神に祈った。自分が生きている、この数日の間にウィルヘルム神父に会えるように、会って話せるように、そして自分の言葉がウィルヘルム神父を通じて神に伝わるように、神に祈るのだった。

溝渕は指で机を軽く叩きながら、安重根を見ていた。溝渕は、

「おまえの行いが人の道理と宗教の教えに反しないと考えるのか」

という最後の質問に対する答えを待っていた。安重根は答えなかった。溝渕は安重根が遠くにいる人間のように見えた。書記が安重根を見上げながらペンで机を叩き、答えを促した。だが、安重根は答えなかった。

書記は調書の最後のところにこう書いた。

……被告人は黙って答えなかった。

溝渕は事件にそれ以上深入りしなかった。深層部に潜んでいるマグマを爆発させる必要がなかったのだ。溝渕は残った仕事を公判に引継ぎ、三か月の尋問を終えた。

23

関東都督府は伊藤博文暗殺事件の容疑者たちを護送するために馬車を新たに製作した。大連には適当な工場がなくて、本国に注文して運んだ。容疑者たちを旅順監獄から関東都督府の地方裁判所まで護送するには白玉山麓の市街地を通らなければならないが、距離は遠くなくても世界各国の記者たちがカメラを構えるため、馬車の外見を裁判の品格に合わせようとしたのだ。馬車の中をいくつかに区切って被告人を乗せ、後ろには看守が二名立った。馬車の中からは外を見られないように幕を下げた。騎馬憲兵隊が馬車の前後につき、馬車が通過する市街地に私服警察官が配置された。旅順監獄の栗原《くりはら》貞吉《さだきち》典獄《てんごく》が一番後ろについた。

関東都督府地方裁判所は事前に公判傍聴券を発行して傍聴券のない者は入場を許可しなかった。傍聴券を得るには人的事項をすべて登録しなければならず、入場するときは、住所、姓名を記入した名札をつけた。傍聴人たちは品位ある服装を求められ、履物は靴と草履しか認められず、帽子、外套、手袋は着用できなかった。子どもを同伴することはできなかった。服装が正しくない者は入場を認めないと裁判所は重ねて強調した。今回の事件の公判で文明国家の法廷の姿を世界に誇示しろという高等裁判所の指示があった。構内には食堂があったが、場所が足りないため各自弁当を持参せよとの告知もあった。

傍聴人が殺到したため裁判所は一号法廷の内部の席を詰めて座席数を増やした。傍聴人は法廷の廊下にまであふれ、傍聴券が手に入らなかった人たちも建物の外で容疑者を乗せた馬車が到着するのを待っていた。

ロシア、日本、清、イギリスの外交官たちと政府の官吏、法律家が前列の席に座り、その後ろに胸に勲章をつけた陸海軍将校たちとドレスをまとった貴婦人たちが陣取った。料亭「松の屋」の女将は、観劇の日程をキャンセルし、仲居たちを引き連れてやって来ていた。旅順の有名どころの芸者たちが入ってくると、傍聴人たちの視線はそこに集まった。新聞記者たちは一番前に設けられた記者席に集まっていたが、ゴシップ取材が目的の記者は一般傍聴人の中に交じって座っていた。

護送馬車は朝八時三十分に裁判所の庭に到着した。獄吏が安重根と禹徳淳を馬車から降ろす。二人は腰を縄で縛られ、頭には編み笠を被らされていた。

編み笠はわらを編んで作ったもので、安重根はそのわらの隙間から外を見た。視野の前方は、光が揺れ動き、はっきり見えなかった。ただ、真ん中に大理石で作った裁判所の建物がそびえ建っていた。木一本ない丘のふもとに立つ建物の上には、日章旗がなびいている。

振り返ると、編み笠を被った禹徳淳がいた。顔は見えなかったが、編み笠だけ見ても禹徳淳だとわかった。禹徳淳も編み笠の隙間から編み笠を被った安重根を見た。禹徳淳も編み笠だけで安重根であることがわかった。

看守が腰縄を引く。突然視線がぐらつき、安重根は看守が引くままに引きずられていった。

安重根と禹徳淳は法廷中央の通路を歩いていった。二〇三高地の勝利以降、二〇三高地の形に髪を結い上げてうなじを露わにしてリボンをつけるスタイルが、日本の上流層の女性たちに流行していた。二〇三高地スタイルの髪型をした男爵夫人とショールを肩にかけた将軍夫人が声を抑えてささやき合う。

「後ろが安重根？」

「違うわ。前を行くのが安重根よ」

「銃を撃つ前に妻や子どもをハルビンに呼んだそうよ」

「どうして。おかしいんじゃない」

「安重根の妻や子どもは傍聴席に来てないでしょ」

「来てないと思うわ。傍聴券はもらえなかったはずよ」

軍服に勲章をつけた陸軍将校たちは、親指と人差し指を立てて安重根を撃つまねをした。

「射撃はうまいが、伊藤を殺して果たして韓国は独立でもしたというのか。とんでもない」

「むしろ逆だ。大勢は変わるわけがない。安は犬死にするのさ」

傍聴席に座っていた記者たちが女たちと将校たちのささやきを聞いて手帳にメモした。法廷の警衛が将校たちに近づき、指を唇に当てて静かにしろと注意する。

法廷に入ると、看守は安重根と禹徳淳の腰縄をほどき、編み笠を脱がせた。書記は「被告人たちが身体の拘束を受けないまま出廷した」と調書の冒頭に記録している。安重根は編み笠を脱ぎ、直に禹徳淳を見た。禹徳淳も安重根を見ていた。視線が合い、安重根は禹徳淳の目をじっと覗き込む。無表情の瞳の奥が乾き切っているように見えた。十月二十六日朝、伊藤の特別列車が蔡家溝を通過するとき、禹徳淳はロシア憲兵隊によって部屋に監禁され、身動きできずにいた。その日の虚脱感がいまだに禹徳淳の瞳に残っているようだった。蔡家溝で別れるとき、禹徳淳に飯代の足しにしろと四ルーブル渡した。それが今いくら残っているかと安重根は聞きたかった。ハルビンで安重根が伊藤を殺してからすぐに禹徳淳が逮捕されたのなら、飯代が足りないようなことはなかったはずだ。

警衛が開廷を宣言した。裁判長の真鍋十蔵《まなべじゅうぞう》、検察官の溝渕が入廷してきた。傍聴人が起立して敬意を表する。裁判官と書記、通訳官が壇上に座り、日本人の国選弁護人たちはその左側に座った。裁判長から書記まですべてが官服を着、鼻ひげを両側に伸ばしている。法廷の警衛たちは傍聴人の間を回りながら、足を組んで座っている男やおしゃべりしている女たちに注意をしていた。

安重根は裁判官、検察官、書記、速記士を順に一人ずつ凝視した。そこには話しかけることすら憚《はばか》られる、遠い世界の人間たちが官服を着て座っていた。

……ついにここまで来たか。これからは、話しかけることすら難しかった、あの世界に向かって話をしていかなければならない。ここからさらに先に進むために、ここまでやって来たのだ。ここから処刑場に行くまで……話をしなければ……

安重根は身体のなかで多くの言葉がうごめくのを感じた。その言葉は弾倉に入って発射されるのを待っているかのようだったが、すでに銃の外に出て長い隊列をなして波打っているようだった。言葉は銃を引き連れていこうとし、銃は言葉を振り払おうとしていた。だが、心の中では言葉と銃が抱き合って泣く幻影を安重根は見ていた。法廷から処刑場までは遠くないが、言葉を引き連れてそこまで行くのは容易ではなさそうだった。しかし体の中でうごめく言葉がハルビン駅で撃った自動拳銃のように引金を引くままに自ずと撃ち出されてさえしまえば、その道のりもさほど困難なものではなさそうな気もした。それが容易であろうが困難であろうが、処刑場まで行く道のりが遠くないことだけは法廷に入って確実に悟った。安重根はその道について、死んだ伊藤に、横に座っている禹徳淳に、そして妻の金亜麗に、話してやりたかった。しかし、それはかなわぬことだった。

裁判過程では、安重根の政治的動機を現実に対する無知さから始まったものと見せつつ、文明的な手続きに沿って死刑に処する形にすることが日本外務省の方針だった。禹徳淳に対しての司法処理もこの方針に従うことになっていた。外務省はこの方針を関東都督府の高等裁判所に電文で指示していた。電文は裁判が始まる前に届いていたが、高等裁判所はそれを地方裁判所に口頭で下達し、電報で受け取った公文書は極秘裏に保管された。

真鍋裁判長は安重根と禹徳淳の間に指揮服従の関係をつくりあげようとしたが、難しかった。溝渕検察官が裁判所に提出した尋問調書にもその関係をはっきりと明示することができなかった。禹徳淳は安重根の提案によって犯行に加担したが、部下と見ることはできず、自分の犯罪動機についても論理的な陳述はしていなかった。

真鍋裁判長は安重根に聞いた。

「このために禹に何と言ったのだ」

「伊藤がハルビンに来るが、一緒に行って殺そうと言った」

「それはいつだ」

「ウラジを出発する二日前だ」

「禹は同意したのか」

「同意した」

「出発すると決めたのはいつだ」

「その日の夜だった」

「それですぐに出発したのか」

「翌日駅に行ったら、汽車がすでに出ていたので、その次の日に出発した」


真鍋は禹徳淳に聞いた。

「おまえは安重根と国のことについて話し合ったことがあるのか」

「ない」

「おまえは安重根と韓国の独立について話したことがあるのか」

「ない」

「おまえは安に同行すると約束したのか」

「おれは伊藤を殺す目的だった」

「安はなぜ伊藤を殺そうとしたのだ」

「それは安重根に聞く必要がなかった。すべての韓国人が伊藤を憎んでいる」

「安の提案に対しておまえは何と言った？」

「ただ、一緒に行こうと言った」

「そのほかにおまえの意見を言わなかったのか」

「何の話し合いもしなかった」

「安重根は義兵としてしたことだと言うが、おまえは義兵と関連があるのか」

「おれはただ一介の国民としてやった。義兵だからやって、義兵でないからやらないということはありえない」

「おまえは安の命令に従ったのか」

「違う。おれは安に命令される義務はない。また命令される義務があったとしても、このようなことは命令でできることではない。おれは自分の思いのままにやったのだ」

「伊藤公は高官で随行者や警護員も多いのに、おまえは暗殺に成功すると思ったのか」

「それは決心一つにかかっている。決心がしっかりしていればいくら警護が多くても成功すると信じていた」


通訳官が禹徳淳の陳述を日本語に通訳した。傍聴席は静まり返っていた。

真鍋は自分の質問が崩れかけていると感じた。禹徳淳は心の中の真実をもって質問に答え、質問を打ち崩した。禹徳淳は自分の行為と関連のある事実を述べ、動機と関連のある真実を語った。禹徳淳は真鍋が事前に設定していた質問の枠にははまらなかった。

安重根の陳述と禹徳淳の陳述は、行為の微細な部分まで一致した。真鍋は二人の被告人の陳述の相違点を見つけ出し、その隙間につけ込もうとしたが、容易ではなかった。真鍋が安重根に聞いた。

「おまえは公明正大なことをしたと言っているが、それならどうして検察団の尋問の時に共謀者禹徳淳のことを隠して話さなかったのだ」

「禹徳淳が話す前におれが話す必要はないと思った。おれは自分のことだけを言えばそれでいいと思った」

質問は被告人にはね返された。真鍋は動機の政治性を崩すために質問の方向を変えた。真鍋は安重根に聞いた。

「どこを狙った？」

「心臓を狙った」

「距離は？」

「十歩ほどだ」

「伊藤公随行者も撃ったのか」

「誰が伊藤なのかわからなかったために、伊藤の右の者も打ち、その後左の者も撃った」

「成功したら自殺する考えだったのか」

「いや、韓国の独立と東洋の平和のためには、伊藤を殺しただけでは十分でない」
「そんな遠大な計画があったのなら犯行後逮捕されまいとするはずだが、逃走する計画は立てていたのか」
「いや、悪いことをしたわけではないため、逃走する考えはなかった」

質問が答えを抑え込むことができなかった。質問と答弁がぶつかるため、事件の内容を一定方向に導いていけなかった。かえって答えが質問を抑え込もうとする勢いだった。被告人は自分に不利な陳述をしていた。陳述は有利不利を度外視していた。

真鍋は溝渕検察官が尋問過程で安重根に妻子の写真を見せたという記録を思い出した。それが有効な尋問技法だと考えていた。真鍋は、

「おまえの犯罪とは直接関係ないが、参考として話す」

と切り出し、金亜麗と幼い芬道が溝渕に尋問を受けたと安重根に言った。

「おまえの妻はおまえと夫婦であることを最後まで否定した。しかし、おまえの子どもはおまえの写真を見てお父さんだと言った。おまえの妻は最後まで否定しているが、私は二人がおまえの妻子だと思っている」

真鍋は安重根の顔を見て、事件と関連のない事実だと改めて強調した。安重根は天井を見上げていた。真鍋は検察から渡された証拠を提示した。安重根と禹徳淳は証拠物を自分のものだと認めた。

真鍋は言った。

「有利な証拠があるなら言いなさい」

安重根は答えた。

「ない」

禹徳淳も言った。

「ない」

安重根がさらに言った。

「おれは暇で伊藤を殺したわけではない。おれは伊藤を殺さなければならない理由を世界に伝えるために伊藤を殺した。……これからその理由を話そうと思う」


真鍋はこれ以上裁判を公開したら、公共の安全秩序を害する憂慮があると宣言して傍聴者たちに退場を指示した。弁護士は真鍋に安重根の意見を書面で受け取ってほしいと要請した。

真鍋が安重根に言った。

「おまえの政治的意見を書面で提出したらどうだ」

「おれはおしゃべりが好きであれこれ言うのではない。おれの行為は意見を陳述する機会を得るためのものだ。公開を禁じるのなら、陳述する必要はない」

「今後も陳述しないのか」

「傍聴人がいなければ陳述しない」

「それならば、陳述する必要があると考えていることを今陳述しなさい」

「おれの目的は東洋の平和だ。この世においては、どんなに小さな虫でも自分の生命と財産の安全を守ろうとするだろう。ましてや人間なら自分を守るために全力を尽くす。

伊藤は統監として韓国に来てから太皇帝を廃位させ、今の皇帝を自分の部下のように扱った。また、他国民を殺す行為を英雄視し、韓国の平和を乱し、数十万の韓国人をハエのように殺した。伊藤という人間は英雄ではない。機会を得て亡き者にしようと考えていたが、今回ハルビンでその機会を得たために殺した。

検察官はおれが伊藤を誤解して殺したと言うが、おれは検察官がおれを誤解していると考える。おれは誤解して殺したのではない。検察官はおれの写真を見せたら五歳になった息子が父親だと言ったと調書に書いたが、おれはその子が三歳の時に家を出たのに、どうして子どもがおれの顔を知っているというのだ。これで検察の取り調べがでたらめであることがわかる」

「有利な証拠があればもっと言いなさい」

「おれは証拠について疑問はない。ただおれの目的については言いたいことがある」

「みんな話したのではないのか」

「そうではない。十分の一も話していない」

「ここは主義主張を裁くところではない。事実関係について話す必要があるなら簡単に言え。事実関係以外のことを言ったら制止する」

「必要なことをいくつか話す。おれが伊藤を殺した理由は伊藤を殺した理由を公表するためだ。今日その機会を得たので話す。おれは韓国独立戦争の参謀中将の資格をもって、ハルビンで伊藤を殺した。だからこの法廷に引き出されたのは戦争捕虜になった身としてだ。おれは刺客として尋問を受けるのではない。伊藤が韓国統監になって以来、韓国皇帝を武力で脅迫して乙巳年五か条条約、丁未《ていび》年七か条条約を締結した。これを知っているがために韓国で義兵が起き、戦っているし、それを日本軍隊が鎮圧している。これはまさに日本と韓国の戦争と言わざるを得ない……」

「そこまで深入りすると、公開を制止せざるを得ない。傍聴人たちはすべて退廷……」

陳述を制止して傍聴人を追い出すたびに、真鍋は危機感を覚えた。事実関係を掘り下げれば掘り下げるほど政治的色合いが露呈し、外国言論の関心が高まる。真鍋は慌ててすべてを終わらせてしまった。公判は一九一〇年二月七日と八日、九日、十日、十二日、十四日に開かれた。裁判は一週間ですべてが終わった。四回目の公判では、日本人の国選弁護人たちが弁論し、十四日の六回目の公判では、真鍋裁判長が判決を下した。

四回目の公判で溝渕は、

「今から本件の犯罪事実について検察官意見を陳述する。少し長いが、聞きなさい」

と言って、論告を始めた。

溝渕の論告は長かった。安重根は被告人席に座って聞いていた。禹徳淳もその前の席で聞いていた。

溝渕は安重根と禹徳淳の犯罪は自国の栄枯盛衰とその由来に関する正しい知識の欠乏と、伊藤公の人格や日本の国是に関する知識の欠乏から生まれた、誤解に基づくものだと冒頭で述べた。さらに安重根は犯行のための資金を得るためにウラジオストクで李錫山から百ルーブルを強奪し、禹徳淳はウラジオストクの下宿代七ルーブルを滞納したままである。こんな不良たちが、天下の大事を背負うなどということは、狂人の過大妄想にすぎない、と付け加えた。

溝渕の語調は法典を読むように抑揚がなく、整然としていた。溝渕は安重根と禹徳淳は政治犯ではなく、事前共謀による殺人罪であると結論付けた。そして安重根に死刑、禹徳淳に懲役二年を求刑した。


国選弁護人の水野吉太郎《みずのきちたろう》は被告人の犯行は、世界の大勢を知らない無知がもたらしたものであり、もし被告人が日本のような文明国に生まれ、よい教育を受けていたならば、このような誤解を招くことはなかったはずだと述べた。そして、伊藤公の真情が被告人には届かず、継母がいくら慈愛を施しても子どもが生母を恋しがるのは人情の常であると、安重根を弁護した。

さらに、広い度量と深い同情心をお持ちの伊藤なら、自分を害した犯人に対しても極刑を課することは望まないはずであり、被告人を極刑に処したなら、伊藤公は土の中で涙を流されるだろう、これは亡くなった伊藤公を敬慕することにはならないとも述べた。水野は、このような趣旨は禹徳淳にも適用されるものだと言って弁論を終えた。


論告と弁論は、二日かけて長々と続いた。安重根は被告人席に座って黙って聞いていた。検察官は安重根の犯罪が無知と誤解の致すところであり、これが殺意の原因であるとし、弁護人はこの無知と誤解が同情されるべきもので、減刑の事由になるという趣旨で話した。検察官論告と弁護人弁論は、一つにつながり互いに補充しあっていた。

安重根は長い話が終わるのを待っていた。横目で隣の禹徳淳を見ると、じっとしているように見えた。よく見ると居眠りをしていた。溝渕が壇上から禹徳淳を見て、指で差し、それを見た法廷警衛が禹徳淳の肩を揺さぶり起こし、寝るなと警告した。

真鍋裁判長は判決文を事務的な表現にする方針を立てていた。第二次日韓協約第一条によって日本政府は外国にいる外国人を保護する義務があるため、この犯罪には韓国刑法ではなく日本の刑法が適用されると真鍋は裁判の法的根源を明らかにした。そして、共謀と実行過程の事実関係は検察尋問調書の内容をすべて認めた。

真鍋は安重根が伊藤を殺害した罪に対して死刑を宣告し、死刑としたため伊藤の随行人に対する三件の殺人未遂罪については、刑を科さないと宣告した。また禹徳淳は比較的軽い三年の刑に処された。これで捜査と裁判はすべて終了した。

看守たちが安重根と禹徳淳に編み笠を被せて馬車に乗せ、旅順監獄に連行した。法廷を出発するとき、傍聴人が集まってきて馬車を見物し、記者たちは写真を撮った。

24

黄海道の山村に冬の訪れを知らせるのは、風に落ち葉が追われる音と夜の暗闇へ響く砧《きぬた》の音だった。張り詰めた冷たい空気のなか、音は遠くまで聞こえていく。落ち葉は乾燥した音でざわつき、砧の音はこの家からあの家へとリレーのように引き継がれていく。村の端までいって止まった砧の音は、どの家からか再び響き始め、隣家に引き継がれ、村中へと広がっていった。犬たちも合わせるかのように吠えた。大きな犬は低く、小さな犬は高く鋭く、鳴き声を上げた。

夕時の祈禱をしながらウィルヘルムは清溪洞村に夜の来る音と冬の訪れる音を聞いていた。大きく低く吠える犬は夕方散歩するときに、貯水池の堤ですれ違う、あの犬ではないかと思った。その黄色い犬はいつも舌を垂らして薪《たきぎ》集めの少年の後ろをついていく、村でもしばしば見かける犬だった。朝鮮の犬は人の顔によく似ていた。

ウィルヘルムは砧打ちする女たちとその夫たち、村の犬たちの友である子どもたちの魂の平穏と彼らの罪が許されることを願って祈禱した。また、砧の音によって家から家へと伝わっていく人の気配が、神のお言葉と愛情の表れであることを願って祈禱した。さらに神が創造したすべての人間たちの魂を、どうか聖霊が導いてくださり、この哀れな国で殺戮が終わり平和が訪れることを願って祈禱した。

祈禱を終えたウィルヘルムは、主日ミサの講論の草案を書くために机に向かった。

朝鮮青年がハルビン駅で伊藤を撃ち、その場で伊藤が死んだという話は、事件の数日後から清渓洞に広まった。出所のわからない噂はだんだんはっきりしたものになっていった。銃を撃った者が清渓洞の金持ちの安氏一家の長男、安重根であり、彼は現場で逮捕されたと、人々はまるで見てきたかのように話した。

ソウルで養正義塾に通っていた安重根の弟、安定根は、安重根が銃を撃った直後に学校を退学になり、日本の憲兵に連行されたと、ソウルから戻った者が噂を広めた。

日本憲兵隊が清渓洞の村人の中に密偵を潜り込ませ、安重根と親しかった人たちの言動を探っているという噂もあった。噂は村をざわつかせ、人心を暗くさせた。酒場には男たちが集まらず、乱世を嘆いて激論が繰り広げられていた客間も静まり返っていた。

金亜麗が子どもたちを連れてハルビンに向かったという知らせをウィルヘルムは安定根から聞いていた。安定根は一月前のある日、主日ミサが終わった頃に司祭館を訪ねてきた。金亜麗が清渓洞に立ち寄れないまま鎮南浦から直接平壌行きの列車に乗ったので神父に挨拶できなかったと、安定根は伝えた。

妻子をハルビンに呼び寄せたのなら、安重根は朝鮮には帰らないだろうし、自分の決めた道を最後まで進むつもりなのだな、とウィルヘルムはそのとき思った。ウラジオストクに行くと挨拶に来た時の、何か心にある話をしたいのを我慢しているような安重根の姿が思い出された。その時、安重根の若さが危なっかしく見えた。信仰心はあったが、彼の考え方や言動は信仰によって手なずけられるようなものではなかったし、教会の教えにおとなしく従う様子もなかった。神は教会を通して摂理を実現するため、教会の垣根の外では救援はないという教えをウィルヘルムは安重根に伝えることができなかった。伝えたところで受け入れそうにもないので、ウィルヘルムもためらったのだ。安重根の信仰がさらに深まり自然に悟る日が来ることを、ウィルヘルムはその日祈禱した。

伊藤がハルビン駅で銃に撃たれて死んだという噂を聞いたとき、ウィルヘルムはその犯人が安重根であると直感した。安重根は戻ることも、また呼び戻すこともできないところにまで行ってしまったのだ。

ウィルヘルムは村人たちの沈黙に隠された恐怖と期待の両方を感じていた。初冬の何もない田野を散策する夕暮れ時、田んぼのあぜ道ですれ違う村民たちは、ウィルヘルムに頭を下げ挨拶はしたが、話しかけてはこなかった。犯人が清渓洞の安重根であり、ウィルヘルムに洗礼を受けたカトリック教徒であるという事実に、村はさらに黙りこくった。それゆえ村人たちの耳目は神父に集中していた。

砧を打つ音が静まり、犬たちもおとなしくなった。落ち葉の転がる音だけが窓の外から聞こえてくる。ウィルヘルムは夜遅くまで机に座っていた。どうしても主日ミサの講論原稿を書くことができなかった。何を話せばいいのかはわかるが、それを話してもいいのかどうかがわからなかった。言葉は神のものであり、またこの世のものだ。神の国とこの世の間の長い距離を言葉がつなぐのは難しく、話したいことは文章にならなかった。朝方になってウィルヘルムは原稿を書くのを諦めた。文章にせずに口から出るままに任せて話したほうがかえって真心が伝わると判断したのだ。目の前の紙には、罪、殺人、生命、魂、救い……といった単語だけが文章にならないまま書かれていた。

清渓洞聖堂の主日ミサには普段より多くの信者が集まった。隣接の山村施設の信者たちも清渓洞聖堂にやってきていた。信者は卵の包みと干した山菜を持参してきて、司祭館の倉庫に入れた。信者ではない、猟師や商売人も来たし、年老いた儒生たちも来た。冠を被った儒生たちは聖堂の中には入らずに聖堂のガラス窓の下にたむろして神父の講論を待っていた。

ミサを始める前にウィルヘルムは信者に告解の機会を与えた。信者は一人ずつ順に告解室に入って自分の罪を告げた。妻子を殴った罪、隣人と喧嘩した罪、人の金をくすねた罪、隣の女に淫心を抱いた罪、酒場の女と姦通した罪、夜中に人の田んぼの土手を崩して水を抜いた罪、他人の稲束を盗んだ罪、巫女を訪ね占いをしてもらった罪、巫女のお祓《はら》い儀式に呼ばれて酒を飲んだ罪、牛を売った金で賭博をした罪などを信徒たちは告げた。村人たちの罪は告解のたびに風土病のように繰り返される。同じ罪が寝て起きれば、また新たに生まれ、日常化していた。

「反省の力で新しく変わり、二度と罪を犯さないようにしなさい」

ウィルヘルムは罪人たちに告げ、神の名でその罪を赦した。

鐘が鳴り、ミサが始まった。司祭と信者はともに主憐《キリエ》れめよを歌った。

主よ、憐れみたまえ
主よ、憐れみたまえ

歌と福音の朗読が終わり、ウィルヘルムは十字架の右側にある講壇の前に立った。ウィルヘルムは言葉が出るままに話した。

「神がモーゼに十戒を与えるとき、第五戒で殺人をするなと石の板に自ら書かれた。人の生命は神のものであるため、殺人は絶対に許されることのない大罪だ。私が安重根に幼いころに洗礼を与え、彼は神の子として生まれ変わったが、彼は銃器で人を殺した。これをどうして許すことができよう。二年前に安重根がウラジオストクに行くと言ったとき、私は彼の危なっかしい性格をよく知っていたために、今日のような凶事があることを恐れ、『本当に愛国をしたいなら善良な信徒になって勤勉な国民として生きろ』と教え諭した。だが、彼は『国家の前には宗教もない』と荒唐無稽な言葉で抗《あらが》い、私の教えを無視した。彼が洗礼を与えた司祭に背き、神に背き、教会に背いたために、彼の罪は天を衝き、許される余地がないものとなった。彼の妻子がハルビンに行っていると言うが、その苦しみ、如何《いか》ばかりであり、妻子もまた私が洗礼をした者であるだけに、私の心も言いようのない苦痛の中にある。私たちをこのように過酷な試練に導かれた神の御心を推し測るに……」

ウィルヘルムは自分の口から出る言葉を自分の耳で聞きながら、言葉の統制が利かなくなるのではないかと危機感を覚えた。長く話してはならないとかろうじて自らを抑え、講論を終えた。信徒らは何も言わなかった。聖堂の外のガラス窓の下に集まっていた儒生たちも言葉なく講論を聞いていた。ミサが終わり、人々は帰った。人についてきて聖堂の庭で遊んでいた犬たちも主人たちについて帰っていった。ウィルヘルムは午後の施設訪問の日程を取り消し、司祭館に戻った。

ウィルヘルムはゲッセマネのイエスの前に跪いて座った。そして朝鮮に赴任して以来、この小さな半島で繰り広げられてきた死と殺戮のことを考えた。教会の外は神の国ではないのでしょうかと、神に尋ねたが、神は答えなかった。安重根が伊藤を殺したため、伊藤側の人たちは安重根を殺すだろう。だが、死刑までには、まだ数日残っているはずだった。ウィルヘルムは安重根が生きている、その数日のことを考えた。

25

ミューテル司教は奉天の教会から送られてきた電報を通じて、安重根に死刑が宣告されたことを知った。電報は新聞より早く、早朝に着いた。電報を読んだミューテルは朝のミサをあげてすぐに司教館に戻った。

外国の高官と記者たちは安重根に死刑が宣告されたことについての感想をミューテルに求めたが、ミューテルは答えなかった。四か月前に安重根が伊藤を殺したとき、すでに安重根はキリスト教徒ではないと宣言したため、これ以上答える必要がないと考えていたのだ。たとえもう一度答えたとしても、同じことを繰り返すだけだった。

「安重根は自ら教会の外に出た人間だ。犯罪に対する刑は世俗の法廷が決めるものだ」

ミューテルは聖務を行う合間に、朝鮮カトリック教会が受けた迫害と殉教の歴史を整理していた。漢書をフランス語の本のように読むことができたミューテルは、奎章閣（李氏朝鮮の王立図書館）の文書を調べては殉教の記録を見つけ出し、フランス語に訳して本国に送っていた。迫害の百年間を乗り越えて立ち上がる殉教の神秘と、東学や義兵が集結して爆発する百姓たちの力に驚かされながらも、その力がこの世に使われることなく踏みにじられては消え去る不遇に対して、憐れみを感じていた。

安重根に死刑が宣告されたという電報を受け、ミューテルは百年前に処刑されたカトリック教徒黄嗣永《ファンサヨン》のことを考えた。黄嗣永は迫害を避けるために逃げ回った末に、真っ暗な山村の甕焼き窯のなかに隠れ、北京司教のゴヴェアに送る書をしたためた。絹の風呂敷には一万三千字余りの文字が書き綴られた。彼は殉教と迫害の実情を詳細に記録し、西洋の国々が船舶数百隻と兵、大砲を使って、朝鮮朝廷にカトリック教徒を殺した罪を問わなければならないと訴えた。後にこの文は帛書《ベクソ》と呼ばれた。

その後、窯のなかで逮捕された黄嗣永は、八つ裂きにされて通りに晒《さら》され、一族も滅ぼされた。二十七歳の死だった。

ミューテルは朝鮮朝廷の文書庫を調べて黄嗣永の風呂敷文の原文を見つけ出し、フランス語に訳して本国に送っていた。ミューテルは黄嗣永の書を訳しながら、この若者の余りの無謀さにため息をつき、純粋で熱い信仰心に感極まった。

安重根は自分に洗礼を施した神父に向かって「国家の前には宗教もない」と蛮骨《ばんこつ》なことを言い放ち、教会の外に出て伊藤を殺したが、黄嗣永は西洋の軍艦を呼んで国家を懲罰してくれと北京の司教に懇願したのだ。この二人の若者は両極の位置に立ち、それぞれ自分の死へと向かっていった。

黄嗣永は国家を除去しようとして殺され、安重根は国家を取り戻そうとして人を殺し自分も死ぬことになった。ミューテルはこの二人の運命の前に立ちはだかった「国家」を憐れに思った。西洋の軍艦を呼ぼうとした黄嗣永は国家によって八つ裂きにされたが、その国家は、その後フランス人神父九人の殉教を機に、カトリック教徒の道案内のもと、漢江を遡上して西江《ソガン》に至ったフランス軍艦に威嚇され、一時は江華島を奪われた。また今の朝鮮国家は、帝国日本の支配下に陥ろうとしている。まさに神のなさることは人間が推し測ることのできないものだった。

ミューテルは、信仰と文明を軍艦に乗せて世界に伝えている、祖国フランスとその王、軍、教会に感謝の祈りをあげた。安重根が死刑宣告を受けた後もミューテルには敬虔な日々が続いた。

26

死刑を宣告された安重根の毎日は忙しくなった。執行前にやるべきことが多かった。安重根は宣告される前から自分の一代記『安応七の歴史』を書いていた。ウラジオストクから禹徳淳に会うところまで書き、伊藤を殺し死刑宣告を受けるまでの四か月が未完のままになっていた。二月十四日に死刑宣告を受け二月十七日から『東洋平和論』を書き始めたが、脱稿までには一か月余りかかりそうだった。それまで尋問と裁判過程で自分が反論した内容をきちんとした形で書き残すつもりだった。

弟たちと話して片づけたい家の問題も多かった。ウィルヘルム神父に会ったときに、伝えたいことや聞きたいこと、許してほしいことや許されないことも整理しておきたかった。死に辿りつくまでの道のりは遠かった。安重根は書芸を学んだことはなかったが、獄吏たちが筆墨硯紙《ひっぼくけんし》を持ってきて何か書いてくれとせがんだ。伊藤を殺した、とんでもない犯人の痕跡を残したいという好奇心の表れでもあったが、悪いとばかりは思えず、安重根は一言ずつ書いてやった。墨をつけて画を引く時は、引金を引いて銃弾を撃ち出す時のように体全体の力が紙に伝わっていった。安重根は字を書くのが照れ臭かったが、嫌ではなかった。

振り返ってみれば、禹徳淳と会って伊藤博文を撃つまでの数日間、多くの失敗や不備な点もあった。それらが一つでも悪い方に転んでいたら、ことを成し遂げることはできなかっただろう。どうしてそこまでいい加減だったのか、考えると冷や汗が出てきて息苦しくなった。捕まってからは、歩き回ることもなくなって、やり残したことをしっかりと処理できるようにはなったが、あまりに時間が切迫していた。

死刑執行日がいつなのか知りたくて焦りもしたが、獄吏に「いつおれを殺すつもりだ」などと聞くのもおかしなものだった。裁判の手続きを急いでいたのをみると、刑執行はそう遠くなさそうだった。文明開化した手続きを誇示しつつ急いで事件を終結させようという日本の目論見は最初から明らかだった。高等裁判所に控訴すれば余生は多少延長されるだろうが、そうしたところで大して違いはなさそうだった。

死刑を宣告されて四日後に安重根は控訴を放棄した。裁判過程で検察官の論告と弁護士の弁論を聞きながら、控訴がつまらないものになることを知ったからだった。この世で学を積んだという者たちが駆使する支配的言語ほど虚しいものはないが、ただ整然とした論理は備わっていて、この世の秩序をなしているのは事実だった。検察官と弁護士が半日ごと順番にやってきて長い話をして帰っていった。新聞記者はその言葉を手帳にメモした。控訴を放棄したその日安重根は何も話さなかった。横にいる禹徳淳も頭を垂れ、居眠りをしていた。

安重根は高等裁判所裁判長と面談する場で、改めて控訴放棄の意志を明らかにした。安重根は死ぬ前にやることが多いので、刑の執行を三月二十五日まで延ばしてくれと裁判長に嘆願した。暦を見ると三月二十七日が復活祭の日だった。もちろん復活祭に死ぬわけにはいかないし、三月二十六日も復活聖夜を迎える神聖な日であるために適当ではなかった。復活祭が始まる前に死んでこそ復活の恩寵を受けられると考えた安重根にとって、三月二十五日が死ぬのにふさわしい日の最後の日だったのだ。だが、裁判長は嘆願に回答をしなかった。

伊藤を殺した罪を断じるのは世俗がやることであり、また神がなすことでもあったが、この判決が人間の住む地上では避けようのないことだということを安重根は法廷で法理的に悟っていた。そこには時遅き慰めがあった。だが、その慰めは温かくなかった。控訴を放棄すると、やるべきことが一挙に押し寄せてきた。安重根は獄吏からもらった紙にやることを列挙した。執行日がわかったらそれに合わせるし、それでもし時間が足りなければ三月二十五日からさらに一か月延期してほしいと要請するつもりだった。

安重根は飯を持ってきた獄吏に聞いた。

「執行はいつだ?」

「下っ端にはわからん」

「典獄に聞いてみてくれ」

「そんなに待つことはない。遠くないはずだ」

獄吏は給食器のフタを閉め、帰っていった。

27

安定根はすでに面会室に来ていた。典獄と獄吏三人が安定根の後ろに座っていた。安重根は面会室に入って安定根を見たとき、自分に似ているのに驚いた。その驚きは親しさというより悲しみに近いものだった。顔が似ているだけでなく、どこか影が差しているところまで似ていた。これが肉親というものなのか……最期の日が近づくとそれまで見えていなかったものまでが見えてきた。

安重根はテーブルを間に定根と向かい合って座った。安定根は兄の死刑宣告について心の動揺を見せなかった。事務処理をしに来たかのように無表情だった。安重根は弟のその無表情に安堵した。

安定根が先に言った。

「兄さん、元気そうですね」

「食っちゃ寝の生活、楽なものさ。肉がついて体重も少し増えたようだ」

「控訴を放棄したって聞きました」

「そうだ。おまえもこれまでの裁判を見てきているから控訴がどれだけ無意味なことかわかるだろう。母さんは控訴放棄を知ってがっかりされたはずだ」

「いや、母さんはただ兄さんが残された時間を苦しむことなく過ごすことだけを祈っています」

安重根はテーブルの上にある水を飲んだ。安定根も水を飲んで言った。

「気丈な母さんだ。おれは親不孝者だ。おれはおまえがいるから、今回のことができた。これから家のことはすべておまえに任せる。死んだ父さんもおれよりおまえを頼りにしていたからな」

「義姉さんと甥っ子たちも今ハルビンに来ています」

「知ってる。尋問の時に検察官に写真を見せられた」

「兄さんが銃を撃った翌日に、お義姉さんたちはハルビンに着きました」

「よかった。おまえの義姉さんが一日早く着いていたらおれは銃を撃てなかったかもしれない。おまえの義姉さんのためにもよかった。みんな元気か」

「ええ、お義姉さんも無事ですし、子どもたちも元気にしてます」

「おれは女房をよく知っている。驚きはしただろうが、おれを恨んだりはしていないはずだ。こういうことになって韓国の地では暮らせなくなった。ハルビンもすでに日本の世の中になった。だからおまえがロシア領か上海に連れていって暮らす場を見つけてやってくれ。安重根の妻子どもだと言えば、同胞社会が受け入れてくれるだろう」

「お義姉さんに兄さんの考えを伝えます」

「大変だろうが、その道しかない。行く道がはっきりしているときは、あれこれ悩んではならない」

「上の子はどうします」

「賢生はまだ明洞の修道院にいるのか」

「ええ」

「幼いのにかわいそうだな。連れてきて母親と一緒に暮らせるようにしてやってくれ。末の俊生は一度も顔を見ることができなかった。今後おれの代わりにおれの子どもたちを門中の子孫とみなしてくれ。帰ったら門中のお年寄りたちにもそう伝えてくれ。おまえとおれが育てられたときのように」

「賢生のことは兄さんの考えどおりにします。家の土地と財産はどうすればいいでしょうか」

「おまえも韓国で暮らせなくなるだろうから、財産は処分するしかないだろう。その問題は母さんやおじたちと相談しておまえが処理しろ。おれは関与しない」

典獄が安重根と安定根にたばこを勧めた。面会日の特別待遇だった。典獄がマッチを擦って火をつけてくれた。安重根はけむりを胸いっぱいに吸い込んだ。久しぶりの喫煙にめまいがした。三、四回吸うと一本が終わった。典獄は面会時間が終わりに近づいたと伝えた。

「たばこはいいもんだ」

と安重根はつぶやいた。安重根はたばこの火をもみ消してからさらに言った。

「ウィルヘルム神父はまだ信川におられるのか」

「信川にいらっしゃいます。熱心に宣教されて信者も増えましたし、教勢も拡大しました。信川の官吏たちも対民業務について神父と相談しています」

「おれのせいで傷心されただろう」

「ええ、信者には兄さんのやったことをよくおっしゃいませんでした。兄さんがすでに洗礼を受けて入信しているためにその罪がさらに重いと……」

「そうだろう。神父はフランス人だ。フランスは力のある国だ。信仰には国境がないと神父は言ったが、人間の地には国境がある」

「神父の怒りは信川で広く知られています」

「執行前に神父に一度会いたい。帰ったらおれの気持ちを神父に伝えてくれないか」

「伝えはしますが、神父をここに来させる自信はありません」

「容易じゃないだろう。神父におれの魂を託したいと伝えてくれ」

面会時間が終わり、兄弟は別れた。安重根は監房に戻ってやり残したことを書いたメモを見た。やることは多かったが、執行日がわからず、全体の日程を立てることができなかった。とにかく一つずつやっていくしかなかった。安重根は墨を擦って獄吏に頼まれた字を書いた。

弱肉強食　風塵時代

28

ウィルヘルムは安重根に死刑が宣告されたことを、新聞を見て知った。新聞は凶漢に死刑が下されたという題の記事とともに、安重根の写真を載せた。写真の中で安重根は二列のボタンがついた西洋式の外套を着て捕縛されていた。三年前にウラジオストクに行くと言って挨拶しに来た時の姿が目に浮かんだ。彼の、絶対に説得されないぞといわんばかりの表情は、三年前と同じだった。敵に連行され一人で死への道を歩むことになった若者の魂を考えると、ウィルヘルムは悲しかった。安重根はすでに呼んでもその声が届かないほど遠くに行ってしまっていた。その日ウィルヘルムは祈禱をしたが、上の空だった。

旅順監獄に行ってきた安重根の弟たちは、執行前に神父に会いたいという安重根の思いをウィルヘルムに伝えた。関東都督府地方裁判所もウィルヘルム神父の接見を承諾するという決定をすでにミューテル司教に通告していた。司祭館を訪れた安重根の従弟、安明根《アンミョングン》がウィルヘルムに言った。
「重根は自分の魂を神父様に託したいと言いました」
ウィルヘルムはしばらく間をおいて答えた。
「わかった。帰るがいい」
ウィルヘルムは自分に教会の外に出ていく勇気をくださいと神に祈った。教会の外といっても
そこも同じ神の世界のはずだったが。祈禱を終えたウィルヘルムはペンを執り、ミューテル司教
に手紙を書いた。

尊敬する司教様。私が洗礼を施した安重根が殺人の大罪を犯して死刑を待っています。彼が私に魂を託したいと請願してきました。私は司祭の意志に従いますが、ただ私としては安重根の政治的名分とは関係なく、彼が自分の犯した罪を反省するのを手伝い、静かに最期を迎えられるように導きたいと思います。彼の死刑執行日がいつになるか分かりませんので、ひとまず急いで旅順に向かいたいと思います。私の出張を許可してくださるようお願い申し上げます。

黄海道　信川にて　　ウィルヘルム

速達郵便は明洞大聖堂の司教館に配達された。ミューテルはすぐにペンを執り、返事を書いた。
出張は許可しない。安重根は自らの足で教会の外に出て、罪を犯した人間である。安重根は

すでに教会とは関係がない。私は神に代わって彼の罪を許すことはできない。ただ、彼が自分のいわゆる政治的名分を撤回して自分の蒙昧さを反省し、その行動の結果を悔いる思いを表明するならば、彼の最期を手伝う方法を考えてみることも可能だろうが、安重根にそれを説得することは安重根にもつらいことであり、説得するほうもつらいだけに、無理であろう。深く考えての決心だ。出張は許可しない。

ソウル明洞大聖堂にて　　　朝鮮代牧区長　ミューテル

安重根とウィルヘルムの接見を許諾することで日本側が得るものは大きいが、安重根が名分を撤回しない状態で神父を会わせると、教会の立場がまずくなるということをウィルヘルムに説明するわけにはいかなかった。高位職には下の人間とは共有できない苦悩がつねにあるものだ。ミューテルはウィルヘルムへの返事を速達郵便で送った。

出張不可を知らせるミューテルの返事をもらった翌日、ウィルヘルムは旅順に向かった。旅順に行く汽船は五日に一度ずつ鎮南浦を出港した。運行日がちょうどよかった。鎮南浦の埠頭でウィルヘルムは明洞大聖堂のミューテルに電報を打った。

返事を下さりありがとうございます。私は旅順に参ります。

29

ウィルヘルム神父との面会を許可するという通報を受け、安重根は執行が迫ったことを知った。安重根は『安応七の歴史』を急いで書き進めた。執筆は裁判が始まるところまできていた。

面会の日、一番下の弟安恭根《アンゴングン》がウィルヘルムを連れてきた。獄吏が安重根を、手に手錠をかけ腰に腰縄をつけたまま、面会室に連れてきた。面会室には栗原貞吉典獄が通訳官とともに立ち会っていた。

安重根とウィルヘルムは対面の挨拶もなく座った。安恭根がすぐ横に座った。ウィルヘルムは座ったまま十字を切った。安重根は先に安恭根に言った。

「今日はよく来てくれた。おれが死んだらおれの死体をハルビンに埋めてくれ。ハルビンはおれが伊藤を殺した場所だから、そこにまず埋められるべきだ。韓国が独立した際には、おれの骨を韓国に移してくれ。それまではハルビンにいる。これはおれの遺言だ。おれの意志に従ってくれ」

安重根の声は書を読むように平然とした語調だった。兄がすでに死んだ人間になって話しているようで、安恭根はぞっとした。

ウィルヘルムは安恭根への安重根の遺言を聞きながら考えた。

「この男は私に聞かせようと私の前であんなことを言ったのではないか」

安重根に告解を施すことが決して容易ではないことをウィルヘルムは自覚した。しかし、意外にそれほど難しくない可能性があることも知った。ウィルヘルムはその混乱が大切だと思った。

安重根が再び安恭根に言った。

「おまえとの話はここまでだ。私は神父と話したいことがある。先に帰ってくれないか」

安恭根は立ち上がった。

「兄さん、ではこれで……」

「うん、じゃあな」

獄吏が面会室のドアを開け、安恭根を帰らせた。

ウィルヘルムが典獄に韓国語で言い、それを通訳が伝えた。

「司祭と信者間の内密な対話はほかの人に聞かれてはならない。これは教会の神聖な決まりだ。監獄の官吏たちに、少し座を外してほしい」

典獄が言った。

「それは許されない。われわれは罪人と面会客の安全を守るためにここにいる。これは監獄の規則だ」

安重根とウィルヘルムは目が合い、しばらく互いを見回した。ウィルヘルムは安重根が先に話しかけてくるのを待った。安重根は言った。

「神父様、私は神に感謝したいことがたくさんあります。申し上げてもいいですか」

「聞くから言いなさい」

安重根はポケットからメモを取り出した。安重根はメモを見ながら話した。

「私は昨年十月十九日煙秋のポシェト港から汽船に乗ってウラジオストクまで行きました。船が出る直前に港に到着したため、危うく船に乗り遅れるところでした。その船は二週間に一度運行します。その時船を逃していたら私は今回の事をなすことはできなかったでしょう」

安重根は話を切り、ウィルヘルムの顔色を窺った。ウィルヘルムが言った。

「それから」

「私はウラジオストクで李錫山を脅して百ルーブルを奪いました。私が銃を突きつけると李錫山は抵抗せずに百ルーブルを出してくれました。その金を手に入れることができなかったら、私はハルビンまで行くことはできなかったでしょう」

「続けなさい」

「私は禹徳淳を連れて蔡家溝駅に行き、伊藤の列車を待っていたところ、そこで列車の通過時間を知り、ハルビンに戻りました。その時、通過時間がわからなかったら私は蔡家溝で失敗していたでしょう」

「それから」

「私は十月二十六日伊藤を撃ちましたが、私の妻や子どもが二十七日にハルビンに到着しました。

妻や子どもがその前に到着して私に会っていたら私の気持ちは大きく揺らいだことでしょう。私はこの一日の差に感謝しています」

「まだあるのか。すべて言いなさい」

「私は銃を撃って伊藤が倒れた後、銃弾が正確に命中したことを確信しました。しかし、その瞬間伊藤でないかもしれないと思い、横にいた三人も撃ちました。三人すべてに当たりましたが、誰も死にませんでした。その後みんなが回復したと聞いています。ありがたいことです」

ウィルヘルムは安重根の話を遮った。

「信徒よ。おまえは一体何を言おうとしているのだ」

「このすべてのことが私の未熟のなすところであり、私の幸運です。この幸運について神に感謝申し上げます。神父様」

ウィルヘルムはしばらく間をおいて言った。

「おまえの犯行を神に関連づけて話してはならない。不敬だ」

「私は私の気持ちを話しただけです」

ウィルヘルムはさらに言った。

「信徒よ。私はまだおまえを信徒と呼ぶ。おまえがそういうことを私に言いたくなる気持ちはわかる。しかし、それがおまえの気持ちのすべてではなかったはずだ。おまえがおまえの魂を私に託したと言ったそうだが、私を呼んだ時のおまえの気持ちも、私はわかっている。だからおまえはおまえの気持ちを深くのぞきこむことだ。まずおまえの気持ちに祈禱するがよい。今日はこれで帰る。すぐまた来る。そのとき互いにより正直な気持ちで会おう。トマよ」

ウィルヘルムは典獄に重ねて謝意を伝えてから帰っていった。獄吏が腰縄を引いて安重根を監房に連れ帰った。

30

栗原典獄は面会室に立ち会い、安重根が安恭根に伝えた遺言の内容を聞いた。典獄は地方裁判所長に報告し、地方裁判所長は関東都督府民政長官に通報した。関東都督府は「私の死体をハルビンに埋めろ」という安重根の遺言が持つ政治的意味を注視していた。

安重根の遺言の内容は、ハルビン、ウラジオストク、大連の韓人社会に広まっていった。ハルビンの日本総領事館は密偵を使って噂の広がりを探知した。面会室に立ち会った獄卒たちが噂を広めたのか、それともその前に安重根に面会した弁護士が話を広めたのかはわからないが、この噂で韓人社会は興奮していた。安重根をハルビンに埋め、墓地と記念碑を建てることで追悼の対象とし、伊藤を殺した安重根の志を世界じゅうに示すとともに、後世にも伝えようという動きが、大連からウラジオストクに伝播していった。そのための募金運動を始めようとする兆候も見られた。

ハルビン総領事館の総領事代理は安重根の遺言で揺れる韓人社会の動静を関東都督府に報告した。総領事代理は収集した情報を詳述し、それに対応する意見を提示した。

「死刑囚の死体処理に関しては所定の規則があると思われるが、万が一安重根の死体を遺族に引き渡したら、彼らの分別のない行為によって安重根の墓地を聖域化しようという計画が実現しないとも限りません。これは将来的によくないことと思慮されます。貴庁が細心のご考慮をされ、対応されることを望みます」

関東都督府は安重根の死体を遺族に渡さず、執行後速やかに監獄構内の墓地に埋めるよう旅順監獄に公文で指示した。


ウィルヘルムは二日後に再び監獄を訪ねた。安重根は一日前に面会予告を受けた。予告を受けて、安重根は再びウィルヘルムに会って話すべきことをメモした。

ウィルヘルムはカトリック司祭の外出着であるスータンを着ていた。ウィルヘルムは秘跡のときに着るためのスータンを荷物の中に入れて来た。栗原典獄が獄吏たちを連れて立ち会いに来た。獄吏が安重根の手錠と腰縄をほどいた。安重根はウィルヘルムとの最後の面会の場であることを直感した。ウィルヘルムは栗原に退室を要請し、栗原は再度これを拒否した。栗原が言った。

「立ち会うが、聞きはしない」

栗原は獄吏たちに壁の方に離れて立っていろと指示した。安重根はウィルヘルムの前に座った。ウィルヘルムが言った。

「トマよ。おまえが私を呼んだ思いと私がおまえのところに来た思いは同じはずだ。私は朝鮮を出るときからそれを知っていた。おまえの思いを話しなさい。獄吏がいるので小さい声で話しなさい」

安重根は口を開かなかった。ウィルヘルムが促した。

「話しなさい、トマ。私が先に話すのよりおまえから先に話したほうが理に適う」

安重根はメモを見ながら話した。

「私が伊藤の命を奪ったことは罪かもしれないが、伊藤の影響をなくしたことは罪ではないはずです。私が裁判で伊藤を殺した理由を話せたことは私の幸運であり、伊藤が生きているときに伊藤に話せなかったことは私の不運です。神父様」

ウィルヘルムは言った。

「おまえの言っていることはただの言葉にすぎない。人間の行為を身体と心に分離することはできない。おまえの言葉は反省する人間の心ではない。おまえ自身の真実を言いなさい。反省する力で新しく変わるのです」

安重根はメモを見ずに言った。

「私が伊藤を殺したことを悔いるのは、私が伊藤を殺すのに成功したからできることです。私がもし失敗して伊藤が生きているとしたら、私が伊藤を殺そうとした自分の思いを反省することはなかったでしょう。神父様」

「それは世俗の心だ。本当の反省ではない」

「それが私の真実です」

「おまえの気持ちの深いところには、違った心があるはずだ。言いづらくてもそれを言わなければならない」

安重根は目をつぶり、乾いた唇を舌なめずりしてから言った。

「伊藤を撃つとき、伊藤を憎悪する思いで照準を合わせました。倒してからは、神父に洗礼を受けたときの光と平和が思い浮かびました」

「その平和がおまえに近づいている。続けなさい。信徒よ。おまえは一九〇七年に朝鮮を離れて大陸に行った。その後おまえがやったことすべてを話しなさい。獄吏たちが立ち会っている。小さい声で言いなさい。すべてを、すべてを話すのです」

安重根は身体を前に倒して小声で話した。ウィルヘルムも前に身をかがめて聞いた。安重根の声は次第に小さくなっていった。死刑囚の頭と司祭の頭が接近した。安重根の声は呼吸音のようにしか聞こえなかった。獄吏たちは何も聞きとることができなかった。ときどき声が途絶え、沈黙が長く続いた。ウィルヘルムは沈黙の中で安重根に告解を施した。

典獄が面会時間の終了を知らせた。獄吏は安重根を再び捕縛して監房に連れ帰った。

31

大連の春は海の方から訪れた。春の渤海湾は盛り上がって見える。磯臭さが霧に溶け込み、監房の中にまで漂ってくる。

ウィルヘルムが最後に来てから四日後に安重根は「安応七の歴史」を脱稿した。原稿は死刑宣告を受けたのち、監獄に面会に来たウィルヘルムに告解を受ける場面で終わっている。脱稿の四日前までのことまでだった。安重根は原稿の最後に、

三月十五日　旅順監獄にて
大韓国人　安重根、筆を置く

と付け加えた。

脱稿の日の十一日後に、安重根の死刑が執行された。

朝、獄吏が監房に新しい服を入れてきた。安重根は死刑執行の手続きが始まったことに気づいた。故郷から母が送ってくれた絹のトゥルマギとパジがきちんと畳まれてあった。トゥルマギは白色でパジは黒だった。安重根は新しい服に着替えた。白いトゥルマギの下に黒いパジの裾が見えた。絹のトゥルマギは柔らかくて温かった。新しい服の香りが漂ってきた。

獄吏四人が安重根の前後につき、死刑場に向かった。死刑場は監獄構内の北側の隅にあった。朝、霧雨が降った。死刑場に向かいながら安重根は霧を胸いっぱいに吸い込んだ。霧に混じった海の匂いが心地よかった。安重根は身体じゅうに広がる海を感じた。

死刑場には溝渕検察官、栗原典獄が通訳や書記を連れてすでに来ていた。安重根が中央に座り、溝渕一行は演劇場の観客のようにそれを取り巻いて座った。

栗原典獄が執行を宣言して安重根に言った。

「話すことはないか」

安重根は答えた。

「ない。ただ東洋の平和万歳を三回言わせてくれ」

栗原は言った。

「認めない」

獄吏が安重根の頭に白い紙を被せた。安重根は紙がかさつく音を聞いた。

獄吏が安重根の脇を抱えて階段を上った。獄吏が安重根の首に綱をかけ、絞首台の床を踏んだ。床が外れると、安重根の身体は宙にぶら下がり、下へ落ちた。

十一分後に検死医が絶命を確認した。

安定根と安恭根が監獄の門外に来て遺体を渡せと要求したが、栗原が獄吏を通じて、

「認めない」

と通告した。

安定根と安恭根は拳で地面を叩き痛哭した。

獄吏たちが安重根の身体を馬車に載せ、監獄の共同墓地にまで運んで埋めた。細雨が降るなか、弔問客は誰一人いなかった。関東都督府は執行の日を二十五日に決めていたが、ソウルの統監府が二十五日は韓国皇帝の誕生日であるため変更するように旅順監獄にと電報で指示していた。執行は一日延期され、安重根は三月二十六日に死んだ。


三月二十五日に大韓帝国皇帝純帝は三十七歳の誕生日を迎えた。朝、皇帝は徳寿宮に行って太皇帝高宗に挨拶をした。午後昌徳宮《チャンドックン》に戻ってからは仁政殿で誕生日のお祝いを受けた。曾禰統監と統監部高位官吏、各国領事たちが入宮し、皇帝の長寿と大韓帝国の繁栄を祈願した。皇帝は貴賓たちに食事をもてなしてそれに応え、侍従武官たちや近衛隊将校たちにも別の場を設けて食事を与えた。

山茱萸《さんしゅゆ》と梅花が連続して咲き続く、昌徳宮の春は華やかだった。後苑の林ではカッコウが鳴いていた。春のカッコウの鳴き声は農事の始まりを告げるという、昔の詩文の一節を皇帝は詠んだ。

皇帝は農民の農事を気にかけ、奨励する意志を明らかにしていた。四月上旬には東籍田《トンジョクチョン》（祭祀用穀物栽培のための田畑）に行き、自ら牛で畑を耕して率先する姿を見せた。そのうえで内閣に抜かりなく農事

の準備を進めろと指示した。すべての臣下と農民たちに、先王たちの意を汲んで実践しろと訓示を垂れた。

三月二十七日は復活祭だった。朝鮮代牧区長ミューテル司教はソウル明洞大聖堂で復活の大祝日ミサを行った。各国外交官と統監部官吏、西洋人技術者、信者たちが参列した。春の陽光にステンドグラスが霊験あらたかに輝くなか、予備信者たちは正式に洗礼を受けて入信した。聖歌隊が復活の讃美歌を歌った。ミューテル司教と信者たちもついて歌った。

神の子羊　殺されて
その血でわが心　清められます
死の鎖　断たれて
墓の中の勝利者として復活された方よ
神の子羊　殺されて
その血でわが心　清められます

三月二十九日に関東都督府は安重根事件の捜査や裁判、死刑執行に至る過程で功労のあった官吏たちに職級に応じて賞与金を与えた。

溝渕検察官　二五〇円
真鍋裁判長　一五〇円
園木通訳、岸田書記　八〇円
栗原典獄、中村看守部長　八〇円
吉田警視　斎藤警部　三〇円
巡査部長級　三名　二〇円
巡査　五名　一〇円

安重根の告解を受けたウィルヘルムは、黄海道信川に戻っていた。三月二十六日夕方ウィルヘルムは安重根の死刑が執行されたという知らせを受けた。二十七日朝ウィルヘルムは信者を召集した。安重根の門中の人たちや村の信者たちが清渓洞聖堂に集まった。

ウィルヘルムは旅順監獄で安重根に会って告解を施したことを村の信者たちに言った。「自分の死体をハルビンに埋めてくれ」という安重根の遺言も、安重根の死体がハルビンに行けずに旅順監獄の共同墓地に埋められたことも、ウィルヘルムは伝えた。

ウィルヘルムは信者たちとともに祈禱した。

主よ、我らを憐れみたまえ
主よ、死者に安息を与えたまえ

後記

小説に反映できなかったことを後記に述べる。ここからは小説ではなく安重根の事件後、彼の直系家族と門中の人物たちが受けた迫害や試練、屈辱、流浪、離散、死別に関する話だ。

安重根　一八七九〜一九一〇

安重根の事件以後八十年間、韓国カトリック教会は公式に安重根の行為を歴史の中で正当化したことがなく、教理上も否定してきた。安重根は一九一〇年ミューテル司教の判断によって、「人を殺すな」という戒律を犯した「罪人」であるとみなされてきた。

しかし一九九三年八月二十一日ソウル大教区長の金寿煥《キムスファン》枢機卿が安重根追悼のミサを執り行った。このミサは韓国カトリック教会が安重根を公式に追慕した、最初のミサだった。この日、ミサの講論では、……日帝治下の当時、韓国の教会を代表していた人たちは、安重根義士の義挙について正しい判断を下せず、間違った判断をしたことで、いろいろな間違いを犯したことについて、私をはじめとする我々すべてが連帯的な責任を感じています……

と述べ、安重根の行為は「正当防衛」であり、国権回復のための戦争遂行行為として妥当だったと見なければならないと断言した。

二〇〇〇年十二月三日、韓国カトリック教会は大会の年を迎え、「刷新と和解」という題の文献を発表したなかで、韓国教会は「民族独立の先頭に立つ信者たちを理解せずに、時には制裁を加えたりしたことを心苦しく思う」という立場を明らかにした。「韓国カトリック司教会議」の名で発表されたこの文献は、韓国教会史で重要な意味を持つものと評価されている。天主教正義具現全国司祭団は、安重根の顕揚事業を先導して展開した。

一九四五年解放直後に金九《キムグ》は旅順監獄の共同墓地に埋葬された安重根の遺骨を発掘して奉還しようという取り組みを始め、その後政府や民間の遺体発掘のための努力は続いた。二〇〇六年南北朝鮮が合同で発掘団を派遣して調査を始めたが、成果はなく、その後遺体の行方に関する有意義な情報は出てきていない。

一九四六年三月二十六日安重根の殉難三十六周忌を迎えて、ソウル運動場に十万の群衆が集まった中で記念式が開かれた。一九四六年七月に金九の主導のもと、李奉昌《イボンチャン》、尹奉吉《ユンボンギル》、白貞基《ペクチョンギ》の墓がソウル龍山《ヨンサン》区孝昌《ヒョチャン》公園に改葬された。李奉昌の墓の横には、安重根の家廟《カミョ》（祖先の御霊屋）が作られ、遺骨が奉還される日を待っている。

禹徳淳　一八七九～一九五〇

禹徳淳は出獄後満州に行って大倧教《テジョンギョ》に参加し、抗日運動に取り組んだ。禹徳淳は解放後帰国して大韓国民党の最高委員として活動するなかで、安重根の顕揚事業を展開した。禹徳淳は一九五〇年にソウルで死亡した。

伊藤博文　一八四一～一九〇九

伊藤は死後東京市品川区西大井の墓地に埋葬された。一九三二年には伊藤の冥福を祈り、業績を讃える寺院、博文寺が、奨忠壇《チャンチュンダン》公園東側の丘に建てられた。奨忠壇は一八九五年明成皇后《ミョンソンファンフ》殺害事件の時に殉職した武官たちを祀る場所だった。

博文寺の建立運動は朝鮮総督府の呼びかけで始まり、朝鮮と日本で募金運動が行われた。朝鮮の募金目標は二十万円で、この額は各道に割り当てられた。朝鮮王宮である慶熙宮《キョンヒグン》の興化門《フンファムン》が移されて、博文寺正門となった。一九七三年に博文寺の敷地はサムスン財閥に売却され、この場所に一九七九年新羅ホテルが建てられた。

一九三八年には明治憲法発布五十周年を記念して日本の国会議事堂の中央広場に伊藤の銅像が建立された。そのほかにも山口県光市の伊藤公資料館、萩市の伊藤博文旧宅、下関の日清講和記念館などにも、伊藤の銅像が建てられた。

李垠　一八九七～一九七〇

李垠は一九一〇年日韓併合で国権が失われ、純宗が廃位すると、王世弟《ワンセジェ》（国王の世継ぎの弟）に格下げされた。李垠は一九二〇年日本の皇室梨本宮の娘方子《まさこ》（韓国名李方子《イバンジャ》）と結婚した。李垠は日本で陸軍士官学校、陸軍大学を卒業して、陸軍中将となった。一九六三年朴正煕《パクチョンヒ》国家再建最高会議議長の周旋で李方子とともに帰国したが、重い脳血栓に苦しんだ末に、死んだ。李垠には晋と玖《ジング》の二人の息子がいたが、晋は幼くして死に、玖はアメリカ人女性と結婚してアメリカに帰化した。

安芬道　一九〇五〜一九一一

安芬道は安重根の長男である。本名は祐生《ウセン》。安重根の伊藤博文暗殺後の一九〇九年十一月七日関東軍都督府溝渕検事は、ハルビンの日本総領事館で五歳の芬道を尋問して調書を作成した。芬道は母親の金亜麗とともにハルビンに来ていた。

安重根は妻金亜麗と母趙マリアの前で作成した遺書にて、長男芬道が育ったらカトリック神父にしてくれと頼んだ。

安重根一家は安重根の事件後にウラジオストクを経て中国の黒竜江省に移住した。芬道は黒竜江省で七歳の時に死んだ。

安俊生　一九〇七〜一九五二

安俊生は安重根の次男である。一九〇七年安重根が家を出るとき安俊生は母の金亜麗のおなかで妊娠六か月の胎児だったし、父安重根が処刑されたときは、約三十か月の幼児だった。安俊生は父の顔を見たことがなく、安重根も次男の顔を見たことがない。安重根による伊藤博文暗殺後、安俊生は流浪する家族とともにロシア極東地域や北満州一帯を転々とするなかで育ち、一九一九年以降は上海で暮らした。

一九三九年秋安俊生は韓国に来た。安俊生の韓国旅行には朝鮮総督府外事部長松沢龍雄と嘱託の相場清が同行しながら案内し、園木末喜が通訳をした。園木は安重根事件関連者隊の尋問と裁判の全過程で通訳をした人物だ。

一九三九年十月十五日安俊生は総督府官吏たちとともに博文寺を参拝し、伊藤の位牌に線香をあげて慰霊した。安俊生はその場で「伊藤の冥福を祈る」と言い、通訳園木は記者に「安重根は処刑直前に自分の行為が誤解から生まれた暴挙であったことを認めた」と言った。

安俊生は次の日の十六日、ソウル朝鮮ホテルに行って伊藤の次男伊藤文吉（一八八五〜一九五一）に会った。伊藤文吉は東京帝国大学卒業後、農商務省で官僚として身を立て男爵の爵位を授かり、日本鉱業株式会社社長となった人物だ。伊藤文吉は安俊生と事前の約束なしに偶然ソウルに立ち寄ったと、言論機関に話した。安俊生は伊藤文吉に「謝罪しに来た」と言い、伊藤文吉は「ともに知性で皇道を輔弼《ほひつ》する者であるから、個人的な謝罪は必要ない」と答えた。安俊生と伊藤文吉は十七日に、ともに博文寺を参拝して線香をあげた。

朝鮮総督府の企画と演出で行われたこの三日間の「博文寺和解劇」は、朝鮮と日本の言論に感激的な筆致で大きく報道された。

金九は解放後重慶で蔣介石に会ったとき安俊生を逮捕監禁することを要請し、彼を絞首刑に処してほしいと中国官憲に頼んだ。安俊生は解放後静かに韓国に戻り、朝鮮戦争中には釜山に避難したが、そこで肺結核にかかった。安俊生は一九五二年に釜山で死んだ。

安賢生　一九〇二〜一九五九

安賢生は安重根の長女であり、安芬道、安俊生の姉である。一九〇九年に安重根の妻金亜麗が二人の息子を連れて韓国を離れるとき、八歳の安賢生は明洞修道院に預けられた。安賢生は一九一四年にウラジオストクに暮らしていた家族と合流し、一九一九年以降は上海に居を定めた。

安俊生が「博文寺和解劇」を行って一年五か月後の一九四一年三月二十六日に安賢生は夫黄《ファン》一清《イルチョン》とともにソウルに来て博文寺を参拝した。三月二十六日は父安重根の忌日だった。この時も総督府嘱託の相場が、安賢生夫婦を案内した。この日安賢生は「父の罪を謝罪する」と話したと、ソウルで発行される新聞が報道した。安賢生夫婦は上海で相場と近い間柄だった。安賢生は一九四六年韓国に帰国し、一九五九年に死亡した。黄一清は一緒に来なかった。

金亜麗　一八七八〜一九四六

一八九四年安重根と結婚して二男一女をもうけた。安重根の伊藤暗殺以後家族とともにロシア極東地域や満州、上海を転々としながら暮らした。一九一〇年に夫安重根が処刑され、その翌年の一九一一年に長男の芬道が七歳にして満州で死んだ。一九三九年、一九四一年には次男の安俊生と長女安賢生が総督府の企画によってソウルで「博文寺和解劇」を繰り広げる。

金亜麗は中日戦争以後は上海にいたと見られる。解放後も帰国せず、一九四六年に上海で死んだ。金亜麗の生涯はほとんど知られていないし、金亜麗についての記憶や記録も残っていない。

趙マリア　一八六二〜一九二七

安重根、安定根、安恭根の母親。安重根の伊藤暗殺以後ウラジオストクに移住し、その後ほかの遺族とともに生活した。趙マリアの生涯に関して詳細な記録は残っていないが、抗日革命家たちは趙マリアの愛国心と犠牲精神、勇気を讃えている。一九二七年に上海で死んだ。

安定根　一八八五〜一九四九

安定根は安重根の六歳年下の弟である。安重根の伊藤暗殺直後に安定根は鎮南浦警察署に連行されて一か月間取り調べを受けてから釈放された。安定根は出てくるやすぐに旅順に行って安重根が処刑されるまで兄の世話をした。安重根が処刑された後、安定根は弟安恭根と兄安重根の家族を連れてウラジオストクに移住した。安定根は雑貨商を経営して成功し、独立運動のための物質的土台を築くことができた。

安定根は二十五歳のころから大家族の家長の責を担うとともに、北満州で独立運動の指導的役割を果たした。安定根は安昌浩《アンチャンホ》と緊密な関係を維持しながら独立運動のための資金集めと兵の募集、教育に献身した。安定根はいろいろな独立闘争団体の統合を推進し、青山里《チョンサンリ》戦闘にも参加した。一九二〇年中頃に安定根は持病を発して威海衛《ウェイハイウェイ》に移住した。十年間療養したが、一九三七年に日中戦争が発生すると、家族を連れて香港に移住し、その後重慶に移った。一九四〇年に彼の娘美生《ミセン》が金九の長男仁《イン》と結婚した。解放後帰国できずに亡命地の上海で死亡した。

安恭根　一八八九〜？

安恭根は安重根の二番目の弟で歳の差は十歳である。安恭根は上海で欧米公使館の通訳、情報員として活動しながら安重根家族の生計を維持する一方、各独立運動団体で指導的な役割を果たした。安恭根は金九の最側近として活動した。安恭根は金九が企画した李奉昌、尹奉吉義挙において核心的役割をし、対外的に金九の代理人の役割をした。

一九三七年十月、日本軍が上海を攻撃すると、金九は安恭根を上海に派遣して金九自身の母郭楽園《クァクナクウォン》と安重根の家族を連れてこいと言ったが、安恭根は金九の家族は連れて来たが、安重根の家族は連れて来られなかった。金九はこのことで安恭根を強く叱責し、これが一つの原因となって金九と安恭根の関係は悪化した。

安恭根は一九三九年五月、重慶で失踪した。

安明根　一八七九〜一九二七

安明根は安重根の父方の伯父安泰鉉《アンテヒョン》の長男である。安明根は安重根による大事件に感化されて武力による独立闘争の道に進んだ。安明根は安重根が処刑される一か月前の一九一〇年二月二十一日に、ミューテル司教を訪ねてウィルヘルム神父を旅順監獄の安重根のところに行かせ、告解を施すことを要請した。ミューテルはこの要請を拒否し、この日安明根の態度が「無礼に見えた」と日記に記録している。

安明根は北間島《プッカンド》に独立軍兵士を養成する軍事学校を建てようと、黄海道一帯の富豪たちを説得して寄付金を集めた。この募金運動は相当な成果を得たが、募金過程で情報が露出した。安明根は一九一〇年十二月平壌で逮捕された。この事件と関連して黄海道一帯で百六十人が検挙された。日帝は検挙された人物に残酷な拷問を行い、この事件を寺内正毅《まさたけ》総督暗殺謀議事件に拡大して関連者たちに内乱未遂罪を適用した。
安明根はこの事件で十年間服役した。出獄後、満州に亡命して独立闘争を続けたが、吉林省で死んだ。

ウィルヘルム　Nicolas Joseph Marie Wilhelm　一八六〇〜一九三八

ウィルヘルム神父はミューテル司教の禁止令にもかかわらず旅順に行って処刑直前の安重根に告解と聖体拝領を施した。ウィルヘルムは安重根の暗殺を理解し支持したというよりは、聖職者としての宗教的責務を全うしたものと見られる。このことでミューテル司教はウィルヘルムに二か月間の聖務停止処分を下した、ウィルヘルムはミューテル司教に強く抗議し、パリのすべての教会と教皇庁に不当であることを訴えた。その後ウィルヘルムとミューテルの不和は続き、ウィルヘルムは一九一四年フランスに帰った。ウィルヘルムはモーゼル地方のサラルブにおいて七十九歳で死亡した。

ミューテル　Gustave Charles Marie Mütel　一八五四〜一九三三

ミューテル司教は十九世紀末と二十世紀初めにカトリック教が韓国に定着するにあたって中枢的な役割をした。一八九二年の薬峴《ヤクヒョン》聖堂の完成、一八九八年の明洞大聖堂の完成、そして一九二五年ローマで挙行された「韓国殉教者七十九位に対する施福式」のすべてが朝鮮代牧区長ミューテル司教の指導力のもとで行われた。
ミューテルは安重根の政治的、民族的大義を認めなかったし、ハルビンの暗殺を教理上の「罪悪」と断定した。彼は安重根の暗殺に対する否定的な見解を公然と表明し、安重根に聖体拝領を施したウィルヘルム神父を重く懲戒した。

安重根が処刑された後、安明根が独立軍の軍事学校設立のための募金運動を展開すると、ウィルヘルム神父はこの募金運動を安明根が主導していることを把握し、その状況をミューテル司教に手紙で知らせている。

ウィルヘルムの手紙は一九一一年一月十一日明洞大聖堂のミューテル司教のもとに届いた。この日は雪がたくさん降り、ソウル全域に積もった。ミューテル司教は手紙を受け取るとすぐに雪の中、朝鮮駐箚日本軍憲兵司令官兼朝鮮総督府警務総長の明石元二郎を訪ねていって情報を伝えた。明石は大変感謝した。

安明根が逮捕されたのは、一九一〇年十二月で、ミューテルが安明根の動向を明石に知らせたのは一九一一年一月十一日だったので、ミューテルの情報提供が安明根逮捕の決定的な端緒にはならなかった。ミューテルは自分が明石に提供した内容が「朝鮮総督府に対する朝鮮人たちの陰謀」と、その中での安明根関連事実だったと日記に記した。ミューテルが述べた「朝鮮人たちの陰謀」の内容が何なのかはわからないが、安明根の募金活動の範囲を超える内容である可能性もある。この事件の捜査と裁判は募金活動の域をはるかに超えて、広範囲に展開された。

このころ珍古介から明洞大聖堂に至る区域を、日本人たちが無断で占拠したことで、明洞大聖堂への通行がとても不便だった。明洞大聖堂は日本人を相手に訴訟を起こしたが敗訴を重ねた。一月十一日明石に会った場でミューテルはこの問題を解決してくれることを求めた。明石は部下を呼んで現場の問題を解決しろと指示し、翌日の一月十二日に道路は整理された。

監獄で安明根は聖職者たちにたびたび手紙を送り、告解を求めた。

一九一一年九月十七日ル・ガク神父は安明根に面会した。ル・ガク神父は安明根が「とても衰弱して見えた」とミューテル司教に報告した。一九一二年二月三日にはウィルヘルムが安明根に面会した。

一九一五年四月二日監獄から送ってきた安明根の手紙がミューテルに届いた。手紙では告解を施してくれることをミューテルに求めていた。

獄中の安明根が聖職者の面会と告解を重ねて求めている状況からして、安明根はウィルヘルムとミューテルが自分を日本の憲兵隊に情報提供した事実を知らずにいたようだ。また、ウィルヘルムとミューテルもこのような事実を安明根には話していなかったように見える。そしてウィルヘルムとミューテルは安明根がこの情報提供の事実を知らずにいるということを知っていたに違いない。

この問題と関連して聖職者たちの内面は、非常に複雑か、もしくはとても単純かのどちらかだ。これについては、ウィルヘルムとミューテルだけが知っていることであり、後世の人間が語るのは困難だ。

ミューテルは朝鮮で代牧区長として司牧する四十年余りの間、毎日のように日記を書いた。「ミューテル司教日記」は韓国カトリック教会史や韓国現代史において重要な記録として評価されている。ミューテルは一九三三年満七十八歳で死亡し、ソウル龍山聖職者墓地に埋葬された。

作家の言葉

猟師、無職、たばこ売り

安重根は逮捕された後、日本人検察官による最初の尋問で自分の職業が「猟師」だと言った。起訴後の裁判では「無職」だと言った。安重根の同志であり共犯である禹徳淳は自分の職業が「たばこ売り」だと一貫して言い通した。

猟師、無職、たばこ売り、この三つの単語の持つ、純粋な意味あいがこの小説を書く間、灯台のように私を導いてくれた。この三つの単語は、生命体のように息をしており、この世の他のどんな力にも依存していなかった。青春を意味する言語だった。この青年たちの青春は次の段階での完成のための、待ちの時間ではなく、新たな時間を作り出すエネルギーとして爆発した。

この青年たちの生涯において、そして逮捕された後の尋問や裁判の過程において、この、猟師、無職、たばこ売りという三つの単語は、ほかの多くの言葉を奮い立たせながら、時代の悪と立ち向かう力を築き上げた。覚醒された多くの言葉が、観念や抽象の枠を打ち破り、生きる力として生まれ変わった。その先頭に立っていたのが、このしがない三つの単語なのだ。

これらの言葉は、日本人法官たちが作成した尋問調書と公判記録の中でも躍動していた。敵の公文書の中に新たに記されたことで、悪の構造と正面からぶつかり合って、強と弱の二項対立を構成していた、この世界の壁を打ち砕いたのだ。

私は、この三つの単語がほかの言葉を奮い立たせ導きながら作り上げた大河の流れを小説の軸に据え、その時代の世界史的暴力と侵奪というBGMのなかで、叙事の構造を歴史的事件に沿って組み立てた。そしてストーリーの展開は、強度を持って大胆に圧縮して緊張のスパークを引き起こそうという基本設計のもとで構成した。このようなトータルピクチャーを作ることは、ものを書く者の楽しみでもあるが、楽しみはほんの一瞬にすぎなかった。鉛筆を手に机に向かう日々は、言うことを聞いてくれない言葉たちを率いて目標へと向かう、苦しい労働の日々を意味したが、いまさら過去の苦労を長々と述べるのは潔くない。

韓国の近代は文明開化の夢に魅惑されながら帝国主義の暴力に踏みにじられた近代だった。この文明開化はそのまま西欧化され、韓国人が数千年の歴史の中で築き上げてきた文明がこの開化の推進力に合流することはなかった。二十世紀初めの朝鮮半島では、過去は未来を作り出す力を失い、抑圧と収奪をカモフラージュした文明開化が弱肉強食の津波となって押し寄せてきたのだ。

韓国青年安重根は、その時代の大勢をなしていた世界史的規模の暴力と野蛮性に、一人立ち向かった。彼の大義は「東洋平和」であり、彼が手にした物理的力は拳銃一丁だった。それに実弾七発の込められた弾倉一つ、「強制的に貸してもらった（もしくは奪った）」旅費の百ルーブルがすべてだった。その時、彼は三十一歳の青春だった。

安重根の輝く青春を小説にすることは、私の辛かった青春の頃からの願いだった。私は仕事の合間に資料と記録を探し、伊藤博文の生涯の足跡を調べに日本の各地を見て回った。ところがその原稿を書き始める前に年を取ってしまった。私は安重根の短い生涯が噴出するエネルギーを持て余し、それを忘れようと努める中で、時間を過ごしてしまった。弁解がましいが、決して怠けていたのではなく、どうしてもその勇気がなくて書き出せなかったのだ。

二〇二一年に私は病気を患い、二〇二二年春に回復した。健康を取り戻してから私は残った人生のことを考えた。これ以上、先延ばしにすることはできないという切迫感が稲妻のように私の頭を打った。私は即時に書き始めた。

私は安重根の「大義」よりも、実弾七発と旅費百ルーブルを持ってウラジオストクからハルビンに向かった、彼の貧しさと青春と体について書こうと思った。彼の体は大義や貧しさまでひっくるめて、敵に立ち向かっていった主体である。彼の大義については、後世の物書きが力を込めて書かなくても、彼自らの体と銃と口がすでにすべてを話しており、今も話している。

この小説を書くにあたって、いろいろな書物に依存した。すでに研究され、記録された事実の礎の上で登場人物の内面を構成し、話を組み立てようと努めた。引用したり参考にした書物の中で重複した部分や一致しない部分については、詳細に明らかにすることができなかった。

安重根事件の尋問と公判記録は、小説的な再構成が許されないほど、完璧にそなわっていた。その短い問答の中に高圧電流が流れており、その時代全体に立ち向かうエネルギーが詰まっている。そのような部分は記録の原型をそのまま生かした。曹道先《チョドソン》（一八七九〜一九二八）、劉東夏《ユドンハ》（一八九二〜一九二八）は、安重根の助力者としてハルビンに同行し、裁判でも実刑を宣告されたが、安重根の暗殺とその直接の出来事との関連性が少ないと考え、小説の構成から除外した。

安重根をその時代の中に閉じ込めておくことはできない。「無職」であり「猟師」である安重根が弱肉強食の人間世界の運命に立ち向かいながら、絶えず話しかけてきている。安重根は語り、また語った。安重根の銃は安重根の言葉だった。

二〇二二年　夏

キム・フン（金薫）

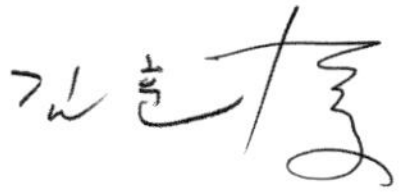

Harbin
Kim Hoon

ハルビン

著者
キム・フン
訳者
蓮池　薫
発行
2024年4月25日
2刷
2024年9月15日
発行者　佐藤隆信
発行所　株式会社新潮社
〒162-8711 東京都新宿区矢来町71
電話 編集部 03-3266-5411
読者係 03-3266-5111
https://www.shinchosha.co.jp

印刷所
株式会社精興社
製本所
大口製本印刷株式会社

乱丁・落丁本は、ご面倒ですが小社読者係宛お送り下さい。
送料小社負担にてお取替えいたします。
価格はカバーに表示してあります。

ISBN978-4-10-590194-3 C0397

ハムネット

Hamnet
Maggie O'Farrell

マギー・オファーレル
小竹由美子訳

名作「ハムレット」誕生の裏に、
400年前のパンデミックによる悲劇があった——。
史実を大胆に再解釈し、従来の悪妻のイメージを覆す
魅力的な文豪の妻を描いた全英ベストセラー。

CREST BOOKS

ルクレツィアの肖像

The Marriage Portrait
Maggie O'Farrell

マギー・オファーレル
小竹由美子訳

夫は、今夜私を殺そうとしているのだろうか——。
ルネサンス期に実在したメディチ家の娘の運命を
力強く羽ばたかせる、イギリス文学史に残る傑作小説。

CREST BOOKS

帰れない山

Le otto montagne
Paolo Cognetti

パオロ・コニェッティ
関口英子訳

山がすべてを教えてくれた。
北イタリアのアルプス山麓を舞台に、本当の居場所を
求めて彷徨う二人の男の葛藤と友情を描く。
世界39言語に翻訳されている国際的ベストセラー。

CREST BOOKS

フォンターネ
山小屋の生活

Il ragazzo selvatico
Quaderno di montagna
Paolo Cognetti

パオロ・コニェッティ
関口英子訳

30歳になった僕は何もかもが枯渇してしまい、
アルプスの山小屋に籠った――。
世界的ベストセラー『帰れない山』の著者が、
原点となった山小屋での生活の美しさを綴る体験録。

CREST BOOKS

赤いモレスキンの女

La femme au carnet rouge
Antoine Laurain

アントワーヌ・ローラン
吉田洋之訳

バッグを拾った書店主のローランは
落とし主の女に恋をした――。手がかりは
赤いモレスキンの手帳とモディアノのサイン本。
パリ発、大人のための幸福なおとぎ話。

CREST BOOKS